大宋帝国 6

落熙宁

葛红兵　方钰铃 著

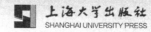

图书在版编目（CIP）数据

大宋帝国 . 6, 激荡熙宁 / 葛红兵，方钰铃著 .
上海：上海大学出版社, 2024.11. -- ISBN 978-7-5671-5109-3

Ⅰ. I247.5

中国国家版本馆 CIP 数据核字第 2024JM1968 号

责任编辑　徐雁华
助理编辑　陈　荣
封面设计　倪天辰
技术编辑　金　鑫　钱宇坤

大宋帝国 6：激荡熙宁
葛红兵　方钰铃　著
上海大学出版社出版发行
（上海市上大路 99 号　邮政编码 200444）
（https://www.shupress.cn　发行热线 021-66135112）
出版人　余　洋
*
南京展望文化发展有限公司排版
江阴市机关印刷服务有限公司印刷　各地新华书店经销
开本 710mm×1000mm　1/16　印张 11.5　字数 128 千字
2025 年 1 月第 1 版　2025 年 1 月第 1 次印刷
ISBN 978-7-5671-5109-3/I・717　定价　72.00 元

版权所有　侵权必究
如发现本书有印装质量问题请与印刷厂质量科联系
联系电话：0510-86688678

目　录

一、不为京官 001
1. 苦心相劝 001
2. 群英会聚 007
3. 往事成风 015

二、事与愿违 026
1. 丧子之痛 026
2. 初来乍到 035
3. 力不从心 043

三、山雨欲来 053
1. 甘居幕后 053
2. 阿云之狱 060
3. 宫门风波 069

四、帷幕拉开 077

1. 暗流汹涌 077
2. 兄弟情断 086
3. 元宵廷争 095

五、艰难重重 104

1. 初露锋芒 104
2. 青苗法兴 111
3. 青苗法废 119

六、水落石出 129

1. 甜蜜陷阱 129
2. 初登相位 139
3. 真相大白 146

七、信任危机 151

1. 熙河开边 151
2. 流民图现 159
3. 辛酸罢相 165
4. 黯然退场 173

一、不为京官

1. 苦心相劝

嘉祐元年(1056)八月,京城。

大雨初霁,帝都仍笼罩在一片湿气之中。早已入夏,气候却反常的阴冷,自五月起,连绵数月的雨势,至今才逐渐停息。天灾无情,距离都城不远处的澶州因黄河决口发了大水,受灾范围覆盖河东、河北、京东、京西、湖北、四川等路,人员伤亡及财产损失无法统计。京城之中,因积水来不及排掉而出现的严重内涝,使得城内"泾渭纵横",就连安上门也被淹。数日过后,往日最是繁华的几条主街道,如今却是人烟稀少,不胜萧条。

早前,朝廷已发动在京军民全力抗洪救险,疏通下水管道以缓解灾情,时至今日,方稍见起色。为谋生计,大水还未完全退去,百姓又迫不及待摆起摊来,城里的新郑门、西水门和万胜门,小贩随处可见,他们挽着裤脚,赤脚浸在水里叫卖吆喝。运货的伙计用木

第六卷　激荡熙宁

筏取代了往常的拖车,在市里热热闹闹地划行;街边的商贩扛下一担担的生鱼、蔬果,颤巍巍地放在好几层石砖垒起的高台上,又转过身去招呼过往顾客;持家的妇人扎起裙摆,深一脚浅一脚地缓慢蹚水而过,许是饿得慌了,背上的婴孩哭闹不止。因这大水,水路运输艰难,货源稀少,价格便一路飙升,诸多百姓只得绕了一大圈又无奈折返。一时间,吆喝声、还价声、哭声、叹气声此起彼伏,好不热闹。

这时只见积水深处,徐徐划来一条木筏,筏头站着一名男子,着一白袍,头戴仙桃巾,手执一把扇子,直直立着,此人正是时年三十七岁的曾巩。曾巩字子固,是欧阳修的得意门生,正准备参加明年的礼部考试,现下在京待考。

"爷儿,前方就是了。"撑篙的长者恭敬地说道。转角处出现一组官家住所,三三两两,均是黄绿琉璃瓦,彼此错落着,倒也雅致。

许是心情焦急,木筏尚未停稳,曾巩便大步跨下,草草地一手拎起衣摆,就往前冲去。身旁服侍的小童忙追了上去,不停低呼:"老爷慢些!"

"王丈,你可曾收到欧阳先生下的帖子?"人还未迈入府内,他便急急问道。

门未关上,入眼之处,只见地上铺着褐色织花地毯,正对门处悬着一幅古画,画下摆一竹榻,上有一懒架,左右各铺一蒲团,中设紫檀小几,几上摆着文王鼎,鼎旁置着匙箸香盒。屋左侧是整面墙的书架,上置各种书籍古董,右侧有两把楠木玫瑰椅,装饰简朴,只牙头处饰着云纹。两椅中间夹一高几,几上有一汝窑果盆,装着新

一、不为京官

鲜瓜果,旁边摆一小铜火炉,正烹着热水,冒着白烟。

榻上倚着一人,松垮着一绿色襕衫,腰系革带,头戴直角漆纱幞头,蓄着胡须,长相虽不甚英俊,但唯独一双眼睛闪着光芒。这是时任群牧司判官、时年三十五岁的王安石。自庆历二年(1042)中进士及第以来,其政绩斐然,但因其极力要求在地方工作,曾四度辞任京官,更是出了名。无奈此次前宰相陈执中力挺,欧阳修极力挽留,王安石方才回京述职,与司马光同任群牧司判官。

曾巩进屋来,朝王安石作了一揖。王安石忙站起,微微拢了拢领口,整了整衣衫,还了一礼,招呼曾巩在椅上坐下,复又上了榻。

"曾公,可有何不妥么?"王安石问道,又从几上的青玉虎头纸镇下抽出一封帖子,细细看着。

此时恰逢侍女进来添置茶水,许是方才走得急有些渴了,茶刚点好,曾巩便接过茶杯捧在手中,顾不得茶水滚烫,对着热气吹了吹,便用杯盖轻轻拂开茶沫,啜了一口。随即他侧身擦了擦胡须,道:"并无不妥。听闻此次眉山苏家,一行来了三人,苏老虽无意科考,却携二子苏轼、苏辙进京,这几日就宿在京郊的寺庙里。三苏名声在外,不出意外,定是榜上之人,最近可是抢手得很!"

"这三苏的名气确实不小,且不论苏老如何,他这两个儿子可是聪颖异常,年纪虽轻,前途却不容小觑,日后必是大有作为!"王安石赞道。

这厢曾巩因方才下船过急,衣摆沾湿了,寒气袭来,只得将横襕往上卷起晾着,又灌了口热茶,接着道:"王丈所言正是!昨日听恩师说,宴会之日,三苏也会参加,神交多时,此次总算得以相见。

届时,你我皆可与之探讨学问,真真是一件美事。"

王安石听言,微微颔首,复又拿起几上搁着的一本书,自顾自地看了起来。

这般待客之道,确实有些怠慢了。曾巩却也不恼,他向来熟知王安石不拘小节,且二人已是多年挚友,倒是不需这些虚礼,只无奈一笑,随手拈起一枚金杏嚼着。

稍事停顿,曾巩复又说道:"这几日,我听闻三苏和那些个京城权贵走得近了。各家皆欲与其结交,苏老虽未表态,但态度却有些暧昧不明。你也知晓,自古以来,这般拉拢的行径屡禁不止,我朝至今,表面上虽风平浪静,暗地里却是暗潮汹涌,官员之间往往互相勾结,若是放任这一现象下去,实为朝廷一大祸患!"

闻言,王安石也不免痛心疾首,愤愤说道:"荒唐!这三苏还未中第呢,那些个望族便急着拉拢,是想反了不成!这还尚在皇城脚下,各党便将当朝科考视作府内杂事,还未有个准数,便等不及指手画脚,真真是把官家置之何处,把法度置之何处?简直是大大的僭越!"

"不过听恩师说,早前因着六塔河之事,朝中人事变动频繁,现又逢上三年一度的科考,这各家各派谁不想趁机充盈羽翼?这三苏名气大,自然成为众人争抢的对象。"曾巩如是说。

王安石想起当年他几番回京述职,那些个权贵拉拢时谄媚,被拒时翻脸不认、狠狠相逼的嘴脸,心中便生起一团火,忽地狠狠将书拍在案上,怒道:"除开西北外族,此生我最恨是权贵!个个只会窝里斗,为一己之利结党营私,置百姓于不顾,真是枉居高位。不

一、不为京官

过是仗着祖上的荫庇,在京挂一闲职,作一米虫罢了!"

话音刚落,王安石像是突然意识到什么,哈哈大笑起来:"米虫,我现下不就是一条么!"喝了一口茶水,无奈道,"我这群牧司判官,也许在他人眼中是个肥缺,但对我来说,不外乎是将我锁在京城一年半之久的镣铐。递上去请辞的折子已数不清了,却石沉大海,至今也未有音讯,真真叫人憋屈!"

"介甫切莫又想着辞官的事情,此次留任,恩师可是花了好大心思。先前你四度辞官,坊间已谣言四起,说你这是欲擒故纵,故作姿态,加之当年你毫不留情拒了各派好意,已是惹恼众人,处境本就艰难。现下雱儿已十岁有余,家中又新添了丁,吴娘身子不好也禁不起来回折腾,正是需要稳当的时候……"

正欲再劝,无奈王安石忙打断道:"曾公不必再劝了,我心意已决,你瞧这好好的京城,被那些厮搅得一摊浑水,我是一刻也不想多待。加之在京为官,绝不是我此生想要,外人看似风光,实则无所作为,惶惶不可终日,大不如早年在地方为官那般踏实。至于那坊间嚼的碎语,明智之人自是不会信,我也不在乎,相信我王家上下,必也和我是一般心思。"

曾巩知王安石的固执是出了名的,便也不好再劝,闲话许久,方才想起此行的正事,忙道:"此次聚会,你的老上司韩大人也会前来,你俩皆为性急之人,早年虽有不快,但这一晃过了十余年,彼此也都长进了不少。再者韩大人不久前刚拜枢密使,如今可是位高权重,恩师今日特意让我来嘱咐你,届时切莫行事鲁莽。"话毕,正欲饮茶,盏中却早已空了,便转过身去,一手注入热水,一手有节奏

第六卷 激荡熙宁

地击拂。

无奈半晌收不到回音,曾巩只得转过身来,只见王安石早已离座,却是倚靠在窗边出神。红木镂空窗棂外种着一排翠竹,大雨过后,愈发显得碧绿,王安石就这般定定望着,眼中充满担忧和悲伤。

思绪飘荡,他眼前又出现了那个下着暴雨的夜晚,高门大宅中悬吊着的白衣女子,跌在地上流着血的夫人脸上错愕的表情,那个因为胎里弱出生不久便夭折的大女儿……黑夜,白雾,大到看不清前路的雨水,刀子般的银色闪电,墨绿色疯狂抽动的树影,女子的血,夫人的血,女儿的血,此刻像是抹在暗红色的窗棂上,恍如梦魇,让他忍不住战栗。他这样想着,通身沉浸在深渊似的哀痛之中,眉头微皱,眼圈竟似是红了,下巴上的胡须迎着风微微抖动,像是在无声抽泣。

曾巩从未见过这样的王安石,生生看愣了,直到炉中炭火的热气灼了手,才猛然收回,只问道:"王丈又在想什么?"

听得此话,王安石才从回忆中惊醒,心下不禁懊恼道:怎得最近总是想起过去这些事,真真是荒唐!忙收拾了心情,想到韩琦,不由得嗤笑道:"别说十年,就算二十年他也还是那样,现下他虽官拜从一品,说话行事却是毫无长进,为人甚是狂妄,连带着他韩家子弟也仗着权势横行霸道,真让人不齿。"

曾巩闻言,忙从椅上跳下,急急走到王安石身边,劝道:"王丈切莫犯傻,识时务者为俊杰。我知你对权贵之人多有不满,但韩琦文武皆通,近来行事虽不及他早年那般有所作为,皇上却仍倚重他,赐他高位,赋他大权。如今他可不像那些身居闲职的望族子弟,并非徒有其表。我不知你们先前有何过节,但如今他正是如日中天,性子也是日益跋扈,偏偏你我皆奈何不了他,只得隐忍。恩师就是知道你这拗脾气,今日才特意遣我过来,届时你可千万别耍性子!"

见王安石闷声不答应,曾巩只得又几番追问,待他草草点了头,才住了口。

因着方才提起韩琦想起些不好的往事,王安石的心情也不复明朗,顿时失了说话的兴致,也不言语,只默默顺手夹了香块丢进鼎中,痴痴望着香烟袅袅。

曾巩见其如此这般,便也不好再多说,只得讪讪告辞而去。

2. 群英会聚

文人会社,乃宋代文坛的一个流行风尚,是文士们定期或不定期的聚会。聚会之时,常置美酒佳肴并召艺人乐妓,吟咏唱和,自得风流。但因禁止执政大臣私相会晤的"禁谒之制"在宋代有禁罢之争,故为保险起见,士人均不在私第会客。于是乎,茶肆酒楼变成了聚会之所,但也有风雅之士,往往设宴于秀丽山水之间,更是别有一番风味。

嘉祐元年(1056)九月初七,欧阳修设宴于京郊万岁山。适逢重九,便邀众文人雅士赏菊喝酒,以之为乐。

经讨数月的努力,京城的内涝总算排干,这一场天灾总算过去,一切都恢复有序,京城又热闹了起来。为了参加明年元月的礼部科考,近日京城内陆续聚集了各地考生。一时间,上至士人官邸

第六卷　激荡熙宁

名家宅第,下至茶肆酒楼勾栏街头,处处不乏来自全国的有识之士,怀揣一腔热血和志向,高谈阔论,激扬文字,给受灾后的京城注入了一股新的活力。

今日,因着大家要去参加欧阳修所办的"赏菊会",诸多士人府邸皆拒不见客。自巳时起,官道上的牛车便络绎不绝,牛颈上戴着红缨并系一铜铃,一辇一辇缓缓走着,叮当之声不绝于耳。

此厢王安石与曾巩相携走出宅来,正欲上车,却见隔壁宅子中走出一人,着上古深衣,头戴交脚幞头,簪一绢花,脚蹬黑革皮靴,正是司马光,时与王安石同任群牧司判官,两人志同道合,多年交好,如今更是做了邻居。

"司马十二丈!"王安石远远就唤道,旋即快步向前,作了一揖。

"王丈!"司马光应道,也作一揖,"可是同去欧阳学士所设之宴?"

"正是!一道走吧。"说着,便各自上了车,悠悠然向前而去。

行至山脚,车舆不便再行,一行数人只得下了车,拄杖拾级而上。不远处正巧走来一行三人,为首一人年事较高,着一褐色道服,宽大飘逸,头戴仙桃巾,脚着青履,正是时年四十七岁的苏洵。他身后跟着苏轼、苏辙,分别着湖蓝色和莺色襕衫,头戴小帽,下着登山专用钉履,甚是风流俶傥。

双方会面,曾、王、司马、苏四人互相作揖,而两个小辈却是端端正正,叉手示敬,恭敬唱喏。礼毕,一行人才浩浩荡荡携伴上山。

山行六七里,便听得水声潺潺,仰首望去,一股清泉泻于两峰之间。再往上走,峰回路转,却有一亭翼然临于泉上,亭四周花团

一、不为京官

锦簇,佳木茂盛。亭下临溪空地,设着诸多食案,案上各色食具一应俱全。八角亭内,众人正围坐观棋,对弈者正是欧阳修和梅尧臣。

此时的万岁山上,唐宋八大家中的六家奇迹般一同出现,真可谓群英汇聚。

正当众人热谈之时,却听得一洪亮之声自远处传来:"看来是我来迟了!"

只见来者着紫色织锦襕衫,编缀着珍珠首饰,玲珑作响,腰间系一革带,上嵌犀饰,挂一金玉鱼袋,头戴钞金花样幞头,脚蹬同色靴,华贵异常,正是刚升从一品枢密使的韩琦。

一时间众人皆叉手行礼,尊其"韩枢相",行至王安石附近,曾巩忙暗递眼色,王安石方才不情愿地低声唱喏,所幸韩琦并未在意。

"我说欧阳老九,你可以啊,这地方找得极好!这劳什子的雨下了这般久,真是差点闷死老子,今天好不容易出来透透气,我们就来好好乐一乐!"

闻言,欧阳修自知时候不早,便忙招呼众人入座,见韩琦率先行至右首坐下,众人方才纷纷入席。

待众人坐定,便有"三昧手"依次点置茶水,宋人素来以奉茶为开宴信号,一时间,茶香满盈。此人不愧为京城点茶圣手,汤花细密顺滑,经久不消,众人品后,皆是啧啧称赞。

饮茶后不多久,便有数十侍者自树林中鱼贯而出,手托漆器食盘依次上菜。宋人习惯饭前食用果品,设筵待客,均要铺陈果品,于是首先上桌的是"语儿梨",后又上"雕花金橘""砌香樱桃"和"珑缠桃条",以此开胃。

此时其他菜品也开始上桌,既有出自丰乐楼的"炙鹌子脯""润兔""煨牡蛎""莲花鸭签""三珍脍""南炒鳝"等,也有应景的"菊花胡饼""莲糕""水团",更有来自禅刹,当时流行的素菜"素蒸鸭"和"玉灌肺",另辅以"梅子姜""辣瓜儿"等腌渍配菜,多处搜罗,足见主人用心之深。

见众人纷纷停箸不食,侍者又上木瓜汤作为结束。饭毕撤席,欧阳修便提议以曲水流觞来解闷,众人于是挪步在溪边坐下。

此时只见几名乐工捧着琵琶、萧等乐器行至众人后方坐下,欧阳修遂命侍者捧了忻乐楼的"仙醪"来,说道:"诸位,此番游戏,我们来作'合生',按规则,酒杯停在谁面前,便要赋诗一首,由乐工即时作曲唱和,若是作不出的或是作得不好,自是罚酒一杯!"说着,只见他取一汝窑瓷菊纹浅碗,轻轻置入溪水之中,缓缓注入酒水,小盏便一上一下浮动着,溪水潺潺流着,却是因为有一小旋涡在欧阳修面前不停地转着不走,欧阳修只得先题一首。他微微一想,望着王安石,旋即赋诗道:

翰林风月三千首,吏部文章二百年。

老去自怜心尚在,后来谁与子争先。

朱门歌舞争新态,绿绮尘埃拂旧弦。

常恨闻名不相识,相逢罇酒曷留连?

一、不为京官

闻得此诗，众人皆拍手称好，但王安石却是羞愧不敢当，当即答赠道：

> 欲传道义心犹在，强学文章力已穷。
> 他日若能窥孟子，终身何敢望韩公。
> 抠衣最出诸生后，倒屣尝倾广座中。
> 只恐虚名因此得，嘉篇为贶岂宜蒙。

酒足饭饱之后，就到了宴会的结尾，这时只见一行首携一众女子前来施礼，自报出自京城瓦舍。行首身后有一女子，约莫是花魁，身段轻盈，柳腰袅袅，以纱遮半面，只露一双眼睛，却是眼波流转，好不娇俏。音乐声起，舞妓便列队跳起舞来。

许是有些醉了，韩琦只一味痴痴看着，耳边回响起先前欧阳修对王安石的赞诗。他突然想到，曾几何时，自己还是王安石的上司，也曾钦慕过他的才华，有了栽培提拔之心，两人在办公之时虽有不少误会，但都因着一颗赤诚之心互相认可，直到出了那样的事。说来韩琦也觉得冤枉，他虽也算是北方门阀士族子弟，但心中装着大大的抱负，到底还是和那些碌碌无为的贵公子有些不同，本以为和王安石两人也算交心，没想到一夕之间，情谊荡然无存。那件事，他虽知有愧于王安石，但并非他本意，他也做出退让和补偿了，可王安石却得寸进尺，终究是骨子里带有的高贵让他在一瞬间用身份及地位将此事压了下去。多年之后，他想起此事，还是无法释怀，有后悔，有不甘，更多的是可惜。可骨子里的骄傲仍在作祟，

第六卷　激荡熙宁

王安石对他越是漠然，他越觉得自己丢了面子，其实像他这样出身的人从来都不缺追捧，就连名声在外的三苏到了京城，也不免想结交他，可偏偏这王安石，他欣赏、认可的王安石，不领他的情，这让他内心有种莫名的失落。趁着几分酒意，突然他转向王安石，道："这花魁，比起你那心肝，如何？"

此言一出，众人皆惊，从未听闻王安石流连勾栏，可如今唱的是哪一出？无奈王安石却是不接话，一味缄默着，场面不免有些尴尬。

韩琦说完这话，自己也不免暗暗叫悔，真是哪壶不开提哪壶，这该死的酒，竟让人如此口无遮拦，只得惴惴不安地望向王安石，却见他置若罔闻。瞬时，他倒颇有一种拿热脸贴了人家冷屁股的羞辱感，何况自己可是当今京城位高权重的韩枢相，王安石竟然如此不把自己当回事。他酒劲上来，嗤笑胡话道："不过是一贱妓，供玩乐而已，你也至于如此看重。"

话虽这么说，韩琦心中却不是滋味，十年前他在扬州任官时，王安石二十五岁，对他虽称不上崇拜，却也是毕恭毕敬。他欣赏王安石的才华，王安石也敬他文武并重，二人关系也算融洽，后来因着那件事，才翻了脸。但那事韩琦真真是冤枉的，不过是他韩家一个远房侄儿强掳了个雅妓，他也并未多管，怎料那女子性烈，受辱当晚就悬了梁，待他匆匆赶往现场，只见王安石抱着尸首悲痛欲绝，当下便愣了。后来他才得知，那女子正是王安石的相好，虽说不过是一个妓女，但终归是自家子弟逼得人家自尽，也着实有些过意不去，于是只得登门赔罪并允诺立马打发侄儿走。无奈王安石

一、不为京官

这脾气,却是如何也不领情,硬要一命偿一命,真是荒唐!他韩家子弟竟会和此等卑贱之人等同?当下便拂袖离去。自那日起,王安石便是这般不冷不热的态度,韩琦听多了好话,偏到了王安石这里,处处吃瘪,只能暗暗叫屈。

王安石听闻韩琦所言,心下怒火渐渐升起:一条人命在他眼里竟只供玩乐?正欲反驳,却见韩琦一旁的欧阳修对他摇头示意,只得暗自忍着。

不料这韩琦却是不依不饶,借着酒醉说起浑话来:"小老弟,你要是觉得可惜,我立马赔你几个新的,最近我倒是得了几个辽、西夏的美女,真真别有一番风味,赶明儿我就给你送去。"此话说得极为不雅,一时众人面上皆有些讪讪,欧阳修只得出来打圆场道:"韩枢相醉了。"

可那厢韩琦却不领情,想到他今日官拜枢密使,谁人不对他客客气气,只有王安石还是这般阴阳怪气,摆明了不给他面子,当下便怒了,晃晃悠悠站起来指着王安石道:"你这茅坑里的石头,别给脸不要脸了,别人知道你这愣头青的脾气,我可不吃你这一套。堂堂男儿,却把个妓女挂在心上十余年,简直可笑!"

话音未落,却是迎面一碗冷冽的溪水,韩琦顿时酒醒了一半,也顾不得满脸狼狈,猛地几步冲上前,用力抓住王安石的领子,怒喝道:"你这是在做什么?"

那厢乐声戛然而止,众乐工舞妓忙不迭急急退下,生怕招来是非。

韩琦毕竟曾是武将,人高马大,王安石顿时被紧紧勒住,双脚微微离地。但他却丝毫不惧,把手中酒碗往地上重重一砸,抬头恨恨逼视韩琦,却是懒得和他废话一句,只这样直直瞪着。

这时众人陆续从震撼中惊醒,却是无一人敢上前相劝,而曾巩更是急得满脸通红,忙望向欧阳修,却见欧阳修也只是无奈地摇摇头。

王安石这番举动更是激怒了韩琦,僵持片刻,他狠狠用力将王安石摔进溪里,指着他从牙缝里挤出一句话:"你给老子记住!"便拂袖离去。

事已至此,众人也只得纷纷告退,一时间只剩下曾巩、司马光、欧阳修三人。见众人离去,曾巩忙将横襕往腰间扎起,脱了靴子,和司马光一道蹚水过去将王安石扶起。拖至岸上,三人皆已力尽,跌坐在地上,这时王安石想起刚才韩琦狼狈的样子,忽地哈哈大笑起来,其余三人皆是大吃一惊。欧阳修见他竟无一丝悔意,也不禁有些气恼,转身愤愤离去,曾巩见此状,无奈摇了摇头,便追着恩师离去。

这下山间只剩下王安石和司马光,他们二人虽在政见上有所不同,但私下里却是惺惺相惜、感情甚好。这时,王安石笑着笑着,却又突然号啕起来,司马光不知那些个旧事,也不便多问,只得默默陪着,半晌过后,两人才一道回府去。

所幸事后韩琦并未和他较真,他将不追究此次经历当作是对王安石最后的仁慈。就算还清了吧,韩琦这样想着,此后,若是你我站在对立面上,我定不会对你手下留情。

一、不为京官

3. 往事成风

那日的事情还是很快传遍了京城,虽说韩琦不计较,但对于王安石来说,却并不好受。这个伤疤,这件全家人讳莫如深的事情,如今被公然撕开暴露在他面前,依旧鲜血淋漓。虽说全家上下一致对此绝口不提,但王安石还是发现了很多小细节。他能感受到夫人吴氏的受伤,以至于接连几日她都让王雱不用过去请安了,似乎也是怕见到汀时吧。而汀时,这个本就沉默寡言的孩子,这几日更是闷闷的,他虽是王雱的伴读,却是打小一块长大,如亲兄弟一般,加之他姐姐的关系,王安石见他如此,心中不免心痛,却不好说什么,只得无奈看着。王安石虽不太在乎他人看法,但也不希望家人因此被人指点,离京成了他目前最迫切的愿望,先前递上去的辞呈迟迟没有回音,他只得继续往上递折子以表决心。

王雱,这个聪明绝顶的孩子,虽说事发之时才五六岁,但此后多年,对于汀时的存在,对于父亲和母亲之间的芥蒂,自是早已察觉。这几日流言纷纷,他稍加多想,便已知悉真相,所幸他并非骄纵公子,是个记情之人,不但没有对汀时疏远,反倒担心起他来。

又过了几日,王雱便趁着父亲出门、母亲午休的机会,偷偷邀了汀时和两个妹妹去郊外爬山。汀时起初还百般推脱,无奈王雱推出二妹妹来,汀时对她总是疼爱有加,比起大妹妹来,更多了一丝不一样的情愫,此时的她才七八岁光景,正是贪玩的时候,软磨硬泡之下,汀时只得答应。一行四人行至门口,正巧碰上回府的王安石,躲闪不及,在呵斥下只得老实交代。王安石见王雱如此大

第六卷 激荡熙宁

胆,时下风口浪尖,竟敢偷带着两个小妹出府,实在莽撞,正欲发火,却看到汀时一脸的闷闷不乐,心下一软,稍加训斥几句,便答应亲自带他们出去。于是乎,一行人带着几个家丁便出了府。

郊外的山也不算险峻,一群人打打闹闹,虽说爬得慢,却也愉快,攀至山顶,已经是傍晚。放眼望去,京城尽收眼底,只见夕阳西下,落入远处依稀可见的护城河内,河面波光粼粼,璀璨无比。现下正是晚膳时间,河上的画舫也都纷纷点起灯来,一时间,灯火阑珊,好不繁华。

王雱虽待过扬州,但毕竟那时年幼,没有太多记忆,今日见此番景象,不免有些兴奋,忙对汀时道:"你快看!"汀时只是呆呆望着远处,在想着什么而出神,眼中满是浓浓的哀伤,拳头不由自主地握紧,以至于还未痊愈的伤口又渗出血来。

"可是想起了你姐姐?"王安石见状,走到他身边,轻轻把手附在他身上,柔声问道。见汀时不多言语,他只得默默望着前方,思绪飘向远处……

时光回到庆历三年(1043)八月,扬州河上。

这年夏天特别炎热,河上的画舫都挂起了麻质的隔断,应着江南水乡的名号,这里历来是各大酒肆春楼在夏季的别院。

微风徐来,水波粼粼,连带着红木八角灯笼底下的红缨也随着左右晃动,本是兽毛制成,光亮可鉴,鲜红的颜色又染得饱和,恍若上等胭脂膏,在阳光的照射下显得极艳,好不诱人。

高温将河面上蒸出一层水汽,淡淡地罩在各色画舫上,远远望

一、不为京官

去,只见得朦胧氤氲中淡粉、淡绿、淡紫的纱随风轻轻飘动,恍若仙境,扬州人统称这些个酒家为"神仙居",也算恰当。

风过之处,夹带着一丝淡淡的脂粉气和上好香料焚烧的残香,和着河面上荷花清冽的香气钻进行人的鼻,像是最撩人的诱惑,勾得人不得不驻足,只想着走下阶去一窥这麻帘之后是何等的旖旎风光。但想归想,却甚少有人这样做,这虽是清雅之所,却是奢华之地,历来只是侯门子弟和文人雅士的聚集所,并不对外开放,寻常百姓只得过个眼瘾,站在岸边看个尽兴。

"啪"的一声,挂在船舱门外的麻帘被掀开,一只骨节分明的手,因多年写字,手指遒劲有力,只是关节处变得略粗,青筋依稀可见。这是时年二十二岁、时任淮南节度判官的王安石,最是年少得意时。

见他进来,众人忙迎上前来,纷纷作揖,足见王安石在众人心中分量不低。这一群人是时下扬州城的有识青年,为首一人正是王安石任扬州时交的挚友孙正之。

"今日我邀大家来,是想与诸位共同探讨国事,年前我朝与西夏一战大败后,各类弊端便暴露显现,加之朝中政局有变。三月,吕夷简吕大人致仕,晏殊拜相,招纳贤才,起用新人,中枢机构当即耳目一新。我素知诸位皆是有识之士且心系国家,他日必会为国效力,而如今正值内外交困之时,诸位有何见解?"孙正之开口说道。

此言一出,船内便炸开了锅,一时间,众人皆争相讨论,一番热议之后,总算轮到王安石。

第六卷　激荡熙宁

"要我说,当今之世,唯有改革二字!"此话说得坚定,掷地有声,众人皆点头表示赞同。王安石接着说道,"我素以为,当今弊端,多在冗费冗官两方面。自开国以来,我朝官位设置细杂,多有闲职,以至于组织庞大却不作为,机构臃肿层叠严重,此为一大开支;另外,戍边战士众多,战斗力却低下,以至于多次战争皆以失败告终,花出去的军费千千万万,却如打了水漂一般,此为另一大开支。开支庞大,加之官员众多,层层而下,管理混乱,以至于财政吃紧,只得从百姓身上刮取,导致有些地区民不聊生。"

"确实如此,不知王判官对此有何解决之计?"孙正之追问道。

"节流!减少不必要的浪费,精简机构。"王安石斩钉截铁地说道。

众人闻言,犹如醍醐灌顶,急忙追问具体实施办法,王安石便一一耐心道来。

这一席话,足足讲了半晌工夫才停下,思维清晰,文采斐然,且论及各个方面,有些竟连细节之处也说得分明。可见王安石年纪虽轻,却是大有见地,以天下为己忧,日日思考国家大事,的确是一难得的人才。言毕,众人皆是呆立当场,久久不能回神。

孙正之眼中赞许更甚,更带有一丝崇拜和骄傲。他缓步向前,抱拳向王安石施以一礼,说道:"王公才情高远,涉猎广泛,吾等自愧不如。"话音刚落,众人也纷纷走上前来,想要与之攀谈结交,无奈时辰已经不早,王安石只得以家中有事,便匆匆离去,惹得一众人等遗憾不已。

这场座谈随着他的离去落下了帷幕,众人陆续散去,由着各自

一、不为京官

在岸上等候的童仆扶着上了岸,画舫在几阵猛烈的晃动中渐渐归于平静。

此时,船舱侧室的珠帘被卷起,琴音初奏,抚琴之人心境清雅,从第一个音符响起便透着说不出的高远缥缈,但弹至后半阕,却隐隐透着一丝焦躁。

"刺啦"一声,琴音戛然而止,抚琴女子坐在琴前若有所思。

"姑娘,可有事?"这时有一随侍女子忙跑至帘前问道。

"没事。"一个淡淡的声音响起,这女子似是生性清冷,就连声音也透着空灵和疏远。"罢了,你进来,我且有一事问你。"女子又接口说道。

自知姑娘素喜清净,旁人只得在外服侍,得了允诺,侍女方才轻身进了侧室,在一旁静静候着。琴案前坐着一女子,头戴珠翠朵玉冠儿,眉间沁绿,粉点眼角,着月白衫子,外罩浅蓝色纱衣,挽着碧色帛布佩带,结于胸前,下着湖蓝锦裙,生得清丽脱俗,尤其是那一双眼睛,透着说不出的清冽澄澈,别说在勾栏里,就是在世间,也是少见。

"眉儿,方才最后发言之人,是哪家公子?"女子缓缓开了口,淡淡的语气却是透着一股娇羞。

"回姑娘,那是淮南节度判官王安石,去年三月中了进士。现在此地为官,年仅二十有二,学问自是不用说,生得仪表堂堂。姑娘问这做什么?"

"没什么,听他谈吐不凡,好奇罢了。"

眉儿生在这烟花之地,自是早熟,听得这话,心下早已明白了

第六卷 激荡熙宁

八九分,笑着打趣道:"怎么,这世上竟也有人入得了青芜姑娘的眼么?"

女子听至此,淡淡一笑,嗔道:"莫要胡说,去帮我换盏茶来。"

不多久,青芜起身出来,走到刚才议论的正厅。长长的裙摆在紫红色的镶金边地毯上逶迤拖动,一双纤小的足在室内悠然移动着。行至案前,方才饮过的茶盏还未收去,青芜看着,想起那人慷慨陈词的模样,忽地笑了,一双眼微微弯起,涟漪荡漾,有着说不清的温柔风情,生生把人看醉。

许是在室内坐得久了有些闷,青芜随即向着舱外走去。

"外面风大,姐姐莫要冻着,快快回屋里去。"一个六七岁的小童匆匆跑来。

"汀时,我不冷,只是透透气。"女子脸上泛起少有的温情,抚着小童的脸柔声应道。这小童正是她的亲弟弟,三年前随着姐姐双双被卖进勾栏,性子和姐姐不同,甚是开朗,因而颇得众人喜爱。

这时船上的长者高呼一声:"开船咯——"船便缓缓向着河心驶去。

"姐姐快回屋去休息着,一会儿还要在晚宴上弹琴,莫要累着了。"青芜闻言,只得紧了紧小童的衣服,转身回舱。

华灯初上,夜幕已经降临,这晚上的扬州河和白天却是截然不同的风情,若说白日里是清雅仙境,那么晚上便是繁华人间。船檐上的灯笼被点亮,昏黄的光透过猩红的纸淡淡映出来,旖旎暧昧。江上诸多画舫,此刻皆是灯火通明,照得整条扬州河好似一条缀满珠翠琉璃的宝带。一些画舫中渐渐传来清丽歌声,伴着琴声、琵琶

一、不为京官

声叫醒了整条护城河,夜市开幕。

青芜坐在窗边看向窗外,眼中透出一丝疲惫,又是这样觥筹交错的夜晚,她轻叹一口气。晚间的风带着一丝清凉拂面而来,微微吹散了发髻,她却浑然不知,只是盯着河面出神。

"到咯——"长者喊了一声,船便左右摇晃了一下悠悠停下,身后的眉儿匆匆走来,急唤道:"姑娘快去更衣吧。"

青芜闻言,又换上了那副冷淡清雅的面貌,转身向里走去……

又过了几日,因着孙正之要跟着哥哥前往温州上任,众人便设宴为之饯行。酒足饭饱之余,闻得有人叩门,开门一看,原是一众洒纠前来助兴,一贯人等款款入内,却见最后跟着青芜。

众人皆惊,因这青芜姑娘是扬州有名的雅妓,就算花上千金也是难以得见一面,怎料今日出现在此。

而那厢青芜却是大大方方地坐至琴案前,略施一礼,便拨起弦来。琴声一出,在座者皆交口称赞。这姑娘看起来虽柔弱,却有着很强的气场,不愧是扬州第一雅妓,就连王安石也不由得注意起她来。

一曲奏毕,青芜忽然开口道:"各位爷,小女有一言,不知当说不当说。"

本就不明她此番前来的目的,众人也实在是好奇,王安石道:"说吧。"

"当日诸位在此议事,青芜实有听到,心下实在敬佩诸位,王判官一席话,更是解了青芜多年疑惑。但青芜却以为,这般节流,却是有些操之过急了。"

闻言,王安石不免觉得新奇,想她一介女流之辈,竟还有这般见地,当真少见。自己当日那番话,可是多年思索累积,她却觉得操之过急了,倒是有趣。

青芜见他无恼怒之意,又说道:"若是这般节流,势必触及文官集团利益,届时必会引起猛烈反扑,陡增阻碍。"

这话的确有些道理,王安石当时年纪尚轻,想事情也过于急进,加之所受挫折不多,有些想当然了,倒不如这烟花女子看得透彻。王安石仔细一想,心下不免一惊,沉默片刻道:"那依姑娘看来,该如何呢?"

"避重就轻。"青芜淡定吐出四字。此时眉儿推门进来,急急唤道:"姑娘,司音行首让你过去。"青芜遂蹲身施了一礼,匆匆离去。

是夜,王安石躺在床上辗转想着这四字,突然一下豁然开朗,心下欢喜道:避重就轻,她倒真是个聪慧的女子。

自那日后,王安石便常常前来与青芜交谈,更加觉得这女子不一般,一来二去,两人渐生情愫。之后,王安石开始携青芜和汀时外出游玩,常至秀美之地,一人作诗,一人抚琴,汀时则绕在他们二人身旁浅唱,此情此景,恍若一幅画。

当时士大夫家里,多是三妻四妾,青芜虽是烟花女子,但当朝也有着纳妓为妾的先例,无奈青芜却是绝不接受。她原是福建汀州一书香世家出身,父亲无心仕途,归隐田园,后因所处之地偏远,多有流寇出没。一日她与弟弟外出嬉戏归来,却看到躺在血泊中的父母和四壁皆空的屋子。父亲终其一生,只有母亲一人,这样的美满,正是青芜一生的追求。眼下她为妓,这般生活怕是不可求了,但实在不愿为现实改了心愿苟且活着,也许日后,也会有一生一世一双人的机会。

见她这般态度,王安石之后便绝口不提纳妾之事,和青芜也始终维持着君子之交的关系。

就这样过了三年,却发生了意外,当时在扬州做官的韩琦家的远房侄子看上了青芜,硬要纳她为妾,几番被拒后,却把青芜强掳了关在韩府。韩琦当时在扬州声望高,众人也是敢怒不敢言。消息传来,年轻气盛的王安石一时热血上冲,遂在当夜偷偷潜入韩府,欲救她出来。

行至韩府,却听得府内巡逻的小厮一声惊呼:"死人啦!"当即心悬了起来,猛地撞开守门的侍卫,冲进府去。只见西厢房内悬着青芜,脸上满是愤愤之意,那双曾经一尘不染、恍如天仙的眼睛此刻狠狠瞪着,盛满恨意和不甘。

这时已经有人把青芜放了下来,无奈她早已断了气,回天无力,一代名妓,就这样香消玉殒,真是令人唏嘘。

王安石入得房内,只见青芜只着白衫,浑身血迹斑斑,该是今夜受辱了。王安石当下心如刀绞,也顾不得旁人,猛地把青芜抱在怀里,失声痛哭。

这时韩琦携了众人赶来,见王安石此状,心下顿时明白几分,暗道:可真不巧!先前侄儿掳人之事他也知道,但只是一勾栏女子,也无所碍,便未在意,怎料这女子性烈,竟吊死在他府上。而王安石与之感情非同一般,这下闹出这么大的事情,他面上也的确挂不住,当即怒火攻心,转身狠狠扇了侄子一巴掌,喝道:"你这厮,看看你做的好事!"

韩琦本就力大,这一下把他扇得狠狠跌在地上。此时王安石却忽然拔出身旁侍卫的佩剑,叫着:"狗东西,拿命来!"便直直向他砍去。韩琦侄儿忙闪身躲去,大喊:"叔叔救我!"却见韩琦无动于衷,而这边王安石却是疯了一般不停追着他刺,不出一会儿,他身上便多了好几道伤口,冒出血来把衣衫都染红了。眼瞅着侄儿就要命丧剑下,却见韩琦略使眼色,身旁几个侍卫忙冲上去把王安石拦下。

虽然侄子可恨,但若要眼睁睁看着他死,韩琦也做不到。更何况,这女子无论如何,只是妓,若要官家子弟以命相抵,也实在不妥,他只得低声向王安石赔罪。

见此情形,王安石也知自己反抗无用,只得重重把剑丢到地上,哭天抢地地哀号着。

而谁都没有注意,屋外院子里,王安石正怀着孕的夫人吴氏却是跌坐在地上,止不住地流泪。原来老爷夜行而出,是为了这事,这女子又是何人?事出突然,她还来不及反应,便突然感到身下一热,似有什么东西流出来,怕是动了胎气。

那一夜过后,所幸吴氏并未流产,又适逢到任之日,王安石只得带着痛苦愤懑的心情携数人进京述职。临行之日,却见汀时急急跑来,说什么都要跟着一起走,王安石见他心意已决,便留下他当了书童。

而后在鄞县任官时,吴氏为其生下一女,因为那次的变故,女儿自出生起便体弱多病,不多久便夭折了。

一、不为京官

转回嘉祐元年(1056),眼看着夕阳下了山,夜幕也已降临,一行数人便匆匆下了山。

嘉祐二年(1057)元月,翰林学士欧阳修为权知贡举,梅尧臣为点检试卷官,三年一次的礼部贡举拉开帷幕。苏轼、苏辙、程颢、吕惠卿、曾布、曾巩、章惇皆榜上有名。

考试结束,几家欢喜几家愁,而王安石经过两年的不懈努力,递上去的折子几乎堆成了山,总算得到了下地方的任命,知江南东路常州。

二、事与愿违

1. 丧子之痛

嘉祐二年(1057)五月,王府。

一妇人头上挽着高髻,簪着白兰花,眉间匀着一朵粉白色梨花,轻移莲步,款款前来,此人正是王安石的夫人吴氏。

此刻厅内,聚着曾巩、司马光、欧阳修等人,皆来为王安石送行。吴氏见状,半蹲行礼,向在座诸位道了"万福",才对王安石说道:"老爷,一切都已打点妥当,时候不早,我们该起程了。"

闻言,一众人等便浩浩荡荡向门外移去。王府门外,停放着几辆马车。那时候马匹不多,士大夫出行皆用牛车或驴车代步,而常州距离京城路途遥远,念及王安石家眷众多,圣上便赐了几辆马车以示恩典。此举甚是微妙,先前王安石和韩琦的事情闹得沸沸扬扬,一直无视王安石调任请求的朝廷却在此时允诺他离京,坊间一度传闻王安石是彻底失了圣宠,直到圣上亲赐下这些马车,也算是表明了态度,给足了王安石颜面,一时之间,众人心中也都有了

二、事与愿违

考量。

门外,掌管府内杂事的内知正指使着家仆们搬运行李,马车前有一少年,白袍银靴,腰间挂一墨玉,垂着红缨,这是王安石的长子王雱,时年十三岁。少年身侧有一书童,唤作汀时,生得俊俏无比,在他身后立着两个女孩子,分别着翠色和粉色衣衫,将发结在头顶,挽成双髻,这是王安石的两个女儿,八九岁光景。

见众人出来,他们忙恭敬行礼,甚是乖巧。此时侍女拿来白纱盖头替吴氏戴上,一个中年婆子抱着一个两岁男童走上前来,吴氏忙接了去抱在怀里,这是王安石两年前刚出生的小儿子,红唇粉面,肉嘟嘟的极为可爱。

见状,王安石柔声道:"下来,给诸位叔伯行礼。"

男童随即奶声奶气地答了声"喏",从吴氏怀中跳下,步履蹒跚地走至众人面前,有模有样地鞠躬,俨然是一个小大人,逗得众人皆笑。

王安石上前将他抱起,脸上是少有的温柔。王安石这些儿女虽年幼,却是聪慧伶俐,尤其是王雱,年纪轻轻,早已盛名在外,颇得众人疼爱。想到此番离去不知何时再见,司马光等人心下确实不舍,纷纷上前赠了些书、玉等,又嘱咐了一番,方才作罢。

这时后方管家来报,说是王安石弟弟一家也已装点妥当,即刻便可起程,王安石遂告别众人,带着一众老小,踏上了去往常州的路途。

当晚,丰乐楼。

第六卷　激荡熙宁

顶楼的望月阁中,此时热闹非凡,推门入内,只见屋内围着一众权贵子弟,正在寻欢作乐。

"王安石这厮,真是假正经,当日我吕家拉拢他,竟被他一口回绝,还斥我为游手好闲之辈,整日只知道寻乐勾栏瓦舍,败坏祖荫。可你们看看他,外表装得衣冠楚楚,背地里却和妓女暗通款曲,真是让人大跌眼镜。"

说话之人是京城新起权贵吕氏子弟,当日聚会上韩琦因醉酒把王安石的事抖搂出来,早就传遍京城,成了人们茶余饭后的谈资。一时之间,有人惊,有人叹,但最高兴的莫过于这些当日被骂得狗血淋头的"米虫"们。他们生来便居权贵之家,从小听着阿谀奉承之言长大,怎料他王安石,位不高官不大,却是油盐不进,拉拢不成,竟还把他们贬得一文不值。此事一度让他们觉得十分挫败,所幸后面出了那事,这帮脆弱的子弟的内心才算找到了平衡。于是这段时间,在他们之间最流行的活动便是聚众数落王安石,以解心头愤恨。

话落,席间另一人便接话道:"吕兄所言甚是,都说心虚的人叫得最响,这王安石真是好心机。当日他四度辞官,本就有作秀之嫌,又装作正直清白,博了好些虚名,把大家都蒙在鼓里,幸好韩枢相揭了他的假皮,真是大快人心。"

此时,一妓裹着玫红色纱束胸,上着一件鹅黄色短衫,半开半露,一对酥胸若隐若现,好不香艳,正坐在他腿上,喂他酒喝。他忙把头凑过去一口气喝了,视线却是直直落入衣内,忽地伸手在女子腰间狠狠掐了一把,惹得她一声惊呼,假意嗔道:"爷真坏!"说着便

二、事与愿违

欲转过身去,却被身后之人一把搂住,连带着头上高高盘起的发髻猛地一晃,当即便散下些发丝,垂在额前。

就这一番嬉笑打闹之后,众人都有些乏了,一些性急之人早已站起准备离席,一人突然说道:"既是如此,此番离京,倒不如让他有去无回。"此人名叫李之昂,来历神秘,只说自己出自巨贾之家,权贵子弟虽对商人看不上眼,无奈他颇懂投其所好,素来和公子哥们交好,又有坊间传闻说他似乎和韩家有些关系,故众人皆不敢招惹他。

此言一出,众人又来了兴致,纷纷坐下。见状,他便继续说道:"这王安石,现下已经有了一次做京官的先例,日后保不齐会再次在京留任,坊间虽流言四起,无奈皇上却照旧礼遇有加,早上更是赐了马车。按此情形,只要他一松口留京,仕途必是一帆风顺。"

这话说得绝对,但却也是一大实话,当时朝堂之上,文武之争自开国起便从未断绝,之前的六塔河之事,狄青下台,此番争斗更有愈演愈烈之势;军事上军费庞大,险些拖垮了国库,却依旧兵力羸弱,以至于外族皆虎视眈眈。值此内忧外患之际,朝廷正是用人之时,而王安石素有盛名,早年在鄞县执政时,更是大有作为,自然在朝廷极力招纳之列,平步青云指日可待。

因是实话,众人皆是点头承认,而这时,便有敏锐之人站出来客观分析道:"王安石素来看不惯权贵之流,与其等着日后他位极人臣拿豪门贵族开刀,断你我财路,不如先下手为强,永除后患。"

这话像是一团火焰,瞬间将众人内心的理智烧得精光,此前尚

第六卷 激荡熙宁

觉得杀朝廷命官是万万不可为之举,现下却觉得也不是不可以,至于如何杀,才是关键。

静默片刻,吕公子灵光乍现,旋即说道:"先前各地发了洪水,京师之外生灵涂炭,现下虽已过去一年,灾情却依旧严重,难民四处流窜,人在绝境中往往有过激行为。这几月,各地打劫掳掠之举屡有发生,更有甚者杀人放火,一时间人心惶惶,混乱无比。而常州距离京城路途遥远,上任路上,王安石必会经过那些地区,到时我们买凶扮作流民,在一偏远之地,杀之而后快!而且有着难民这一幌子,到时候,朝廷再彻查也查不到你我头上来。"说着,眼睛微微眯上,嘴角扬起一丝奸笑。这办法的确可行,加之屋内众人在不满王安石这一事上,倒是达成了惊人的一致。于是乎,一场阴谋正在酝酿……

且说王安石一行数人,浩浩荡荡赴任而去。此次任命,可是实打实的一把手,王安石也算是如愿以偿。常州毗邻繁华之地,若是用心,的确能干出些名堂,在王安石看来,这也真是一个好去处。坚持了两年的努力,总算换到了一个心满意足的结果,王安石心中不免快活,于是携着弟弟一家兴冲冲离京而去。

为首的马车载着王安石和长子王雱,第二和第三辆载着吴氏和一众女眷,后面跟着弟弟王安国。再后面的马车里,为了照顾方便,载着两个婆子,一人怀抱王安石幼子,一人身上倚着另一男童,正是王安国之子,而最末则是跟着家仆、侍女。一路上,欢歌笑语不断。

二、事与愿违

刚入江南路,行至皖地边境一人烟稀少之地。为首的马车忽然急急停下,车夫狠狠地勒紧缰绳。因为突然被拉住,马一时间施力不成,前蹄高高抬起,发出一声凄厉的嘶鸣。

恐其跌倒,车内的王安石忙拉住干雱,坐定后,便掀起侧边的布帘,问道:"王贵,怎么回事?"

车外随行的管事忙解释道:"爷儿,前方有个四五岁的小童,可能是饿得慌了,一见人来,就晃悠悠地奔到马车前,险些撞上。"

一边说着,一边拉起车厢前的隔帘,让王安石看清情况。

只见地上跌坐着一个男童,衣衫褴褛,面黄肌瘦,脸上灰扑扑的,一双眼睛睁得大大的,因为方才受了惊吓,盈满泪,眼瞅着就要落下来,真真可怜。

见此情形,王安石不免产生恻隐之心,忙唤了人来捧着干粮、清水给他。

小童见状,忙不停地磕头谢道:"多谢员外!多谢员外!"又语气怯懦地说道,"我爹娘就在前面,求求员外救救他们。"说着,颤抖地伸出手指着身后不远处。

王安石闻言望去,只见不远处确实聚着一众灾民,因为力气枯竭,此刻皆或跪着或躺着或坐着,其中一人像是患了重病,正被一老妪搂在怀中,有一声没一声地痛苦呻吟,周围众人均是有气无力,低低哀号着。

"安国,随我去看看。"闻言,管事忙从后面请了二爷过来,又奔到最前端扶着王安石下马车。

此时身后马车隐隐传来吴氏担忧的言语:"老爷,一路走来,遇上的难民一波接着一波,我们接济了不少,存粮盘缠都有些吃紧。虽已入了江南路,但到东路常州也还有些时日,若是再如此般赈济,恐难以维持生计了。"因为官宦之家的女眷不便抛头露面,吴氏只得隔着车帘说道。

"浑家不必担忧,我自有打算,此地距离常州也不远了,再赶个几天就会到了,之后几天我们尽量省些口粮出来,足以熬到任上。士大夫应以天下为己忧,又怎能见死不救,安国,随我前去。"

见王安石这样说,吴氏也不便再劝,只得在原地候着。

刚去不多久,王安石、王安国两兄弟便领着众难民前来,命侍者捧出些炊饼,一一分了,又赐了一小袋米,众人皆伏在地上连连谢恩。

此时却见那患重病的中年男子腾地站起来,从腰间抽出一把银刀,直直向王安石面上刺去,而伏在地上的人也纷纷站起来向着王安石他们扑去。见状,王安石大惊,忙侧身一闪,尖刀划破了袖子,臂上还是被割了一刀,当即鲜血迸出。大家都慌了,吴氏也顾不得什么礼数,忙探出身来,欲下车扶他,怎料却被王安石狠狠喝住。

"王贵,护送女眷先走!"王安石高声疾呼。王贵闻言,却是踌躇不决,王安石只得又厉声喝道,"还在这里愣着作甚,快走!"王贵只得下令众人调转车头急速逃开,只留下些会武功的家仆。

边道上,五辆马车正在飞奔,因为顺序调转,王雱所乘的马车便落在了最后。此时,车内忽地飞出一道白影,重重跌在地上,正是书童汀时。

二、事与愿违

"汀时,你疯了!"王雱急急吼道。

"老爷是我的恩人,我不能看着他出事。"在地上顺势滚了几圈之后,顾不得疼痛,汀时匆匆丢下一句,便头也不回地向前跑去。

那个刺青,这是汀时此时脑海中唯一的念头,他虽懂些功夫,但终究只是一个孩童,这么贸然跑回去,虽说是救老爷,实则杯水车薪。但就在刚才转弯之时,那个刺青突然掠过他的眼前,他如遭雷击。是他!姐姐出事的那个夜晚,在肇事者被韩琦追着打的混乱之中,在王安石抱着姐姐恸哭之时,那个角落里匆匆而去的他,颈后也有这样的刺青。到底姐姐的死是意外还是阴谋,这个问题萦绕在汀时心中太久,这么多年他都说不出口,此刻真相仿佛就在眼前,于是他顾不得那么多,毅然决然跳车往身后奔去。

另一边,马车一路不停飞奔而去,道窄难行,此刻也顾不得那么多了,只顾逃命。马嘴边已经渐渐吐出些白沫,车夫手中的鞭子还在一刻不停地朝马背上狠狠抽去。

马车内的吴氏,此时焦急万分,身后老爷还不知生死如何,两个女儿又被吓得不轻,正紧紧钻在她的怀里,小小的身子抖成筛糠似的,身上的冷汗把衣衫浸湿,沾在背上,脸上泪痕还未干,却又止不住地哭了起来,喊着"娘,我怕"。

跑了半晌,行至一崎岖山道,一侧是垂直而上的高耸石壁,一侧则是深邃悬崖,险峻异常。车夫只得紧靠内侧,稍稍降低速度而行。许是先前以那种极限速度跑得久了,突然减速,前方一匹马便双蹄一软,直直跪倒在地,身后拖着的车厢也被它带着猛地一晃,竟生生拉着跪在地上的马翻下崖去。见此变故,众人皆大惊,吴氏忙一把掀起车帘欲探情况,只见前方王贵跌跌撞撞跑来,"啪"的一声,跪在地上痛哭不止,号啕道:"夫人……小少爷的马车,掉……掉下去了!"

吴氏闻言,犹如五雷轰顶,当即昏厥过去。一双女儿见状,高声痛哭起来,而王安国的夫人听闻此噩耗,突然"啊"的失声尖叫,疯了似的跳下车扑到崖边,三四个侍女忙紧紧拉住她。此时夫人一个疯一个昏,管家王贵又是瘫在地上哭喊不起,众人见这般情景,都慌了神,一时间,哭声、叫声四起,场面一片混乱。这时王雱刚从后方匆匆跑来,脸上还在落泪,却能看得出是在拼命隐忍,嘴唇被咬出血来,但他知道,现在这里只能靠他了。

"王伯,别……别哭了,先把娘亲救醒再说。"王雱定了定神,抽泣着说道。

王贵闻言,忙止了哭,心想:我这老糊涂,真是昏了头了。便立即开始指挥起来,众人才又恢复了秩序。

王安石、王安国一众人等经过一番血战,总算逼退了贼人,却是伤亡惨重,过了好一会儿才一瘸一拐地追上队伍。怎料还未来得及喘气,二人便听得儿子的死讯,当即崩溃,跌坐在地上。王安石眼前浮现起小儿子生前种种,心像是被刀扎一般,又想到他如今跌下深渊,尸首也难以寻到,更是痛心不已,绝望地吼了一声,不停捶着地。地上的碎石扎进他的手,不多会儿便血肉模糊,但无论如何,也比不上他此刻心中的疼痛……

二、事与愿违

2. 初来乍到

嘉祐二年(1057),王安石到任常州,一路走来,触目惊心。洪水刚过,民生凋敝,路上的难民一波接着一波,千金散尽,也救不了几个。王安石第一次感到自己的力量是这等薄弱,在大自然的灾害面前,人显得脆弱不堪,极度的贫穷和饥饿,逼着人走向犯罪的道路。就像那次江南路的意外,本是好心相救,却不料被反咬一口,失了两个孩子,这会儿王安国还卧病在榻,弟媳经此一劫有些癫了,也不知能否再好起来。王安石坐在新府邸的榻上,手中的书迟迟也没有翻一页,思虑万千,这时他脑中又忆起京城临行前幼子蹒跚的步伐,他奶声奶气地伏在娘亲的肩上。念及此处,王安石便慌忙打断自己不敢再想下去,怕又生生涌出泪来。他试着宽慰自己,罢了,都过去了。他微微晃了晃头,又翻起书来,眼角却扫到门口那个徘徊多时的身影。

"雱儿,进来吧。"王安石说道。

他看着自己如今仅存的这个儿子缓缓步入屋中,心中一惊。这场变故给每个人都带来了不可磨灭的创伤,体现在王雱身上,便是迅速成熟,仿佛一夜之间,这个本该无忧无虑的孩子变得这般沉稳了。他着藏色的衫子,袖上还别着一小块黑布,表面像是没事,但王安石知道,他的这个儿子不比从前了。

"父亲。"王雱俯身行礼,便退到一边,盯着地面也不言语。

王安石见他这般模样,心中更是一痛,不免柔声问道:"雱儿,可有什么事?"

第六卷　激荡熙宁

王雱闻言,却也并未马上开口说话。如今他愈发沉默,说话前都得再三斟酌,这并非王安石所想见到的。他怀念往日那个意气风发的儿子,因为王雱自幼聪明,向来口若悬河,就是在一些高官大儒面前也不怯场,也许放肆,但却天真,这才是十三岁孩子该有的样子。王安石嘴上虽不说,心里却也暗暗骄傲。可现下他这般思虑犹豫,也不知是怕什么,又好似对这世上所有事物都产生了怀疑,什么都不信了,这着实让王安石心疼。他不免想起自己如今只剩下这一个儿子,若是自己又遭遇什么变故突然离世,今后王家还得靠他撑着,现如今他这副唯唯诺诺的样子可怎么成。

"有什么就说,没有就退下。"王安石提高声音喝道,此举实属无奈。他对儿子总是矛盾的,作为一个父亲,他希望孩子慢点长大,但作为王家一家之主,又经此变故,更觉人生无常,王雱须快速成长起来。他一面心疼儿子心中的创伤,一面为了让雱儿尽快变得强大起来,只能用些强硬的法子。

王雱见父亲这般严厉,不免一愣,眼中闪过一丝受伤的神色。但他兴许懂得父亲的用意,定了定神,开口说道:"父亲,我觉得弟弟之死着实有蹊跷。"

"又是这句话?为父说过几次了,此事莫要提了,查也无处可查。"王安石听闻此言,心中不免烦闷,这是这月来王雱第五次说起此事了。眼下他们刚到常州,事情琐碎,实在无暇顾及其他,更何况是去查一起无从查起的意外。

"可是弟弟死得惨,母亲、叔叔、叔母如今都已病倒,为何不将那些乱贼抓来处死,为弟弟报仇!"王雱不免激动地高声说道。

二、事与愿违

终归是个孩子,他还是这样急的性子,倒是有些以前的模样,王安石心中有些安慰,但又马上否定自己的想法,不能放任儿子沉浸在仇恨中。眼下,有更重要的事情要去做。

但王安石看着王雱这副急切的样子,想着他也是心系家人,着实是个重情的孩子,语气也不自主地缓和起来,耐心劝道:"雱儿,为父知道你心中的苦,丧亲之痛,我又何尝不知。但此事已经过去一段时日,就得往前看。事分轻重,男儿当心怀天下,以国家大事为重。现下我们刚到常州,这儿不比早年的鄞县,情况要复杂得多,就前几日考察的情况来看,着实不乐观。这儿的百姓过得不好,正是要改革整顿的时候,你又怎可天天只顾着自家的小事。眼下更重要的是帮助为父治理好这块辖区。"

王安石何曾不想还幼子一个公道,当日事发突然,事后想想,却有诸多疑点。这些所谓流民,饿了多日,本该虚弱不堪,动起手来却是力满气足,着实奇怪。细细想来,这事怎么看都不是一起单纯的流民暴动,而更像是一场有预谋的谋杀。但究竟是谁想要害他,他却无从得知。他深知自己的脾气,怕是在京城得罪过不少权贵,人人都有出手的可能,况且当时正值洪水灾害,各地流民众多且居无定所,根本无从查起。那行刺的几人,跑的跑,死的死,一个活口都没擒住,所以要弄清楚这事,着实要费一番力气。

虽说如此,王安石却并不想让王雱参与进来,他已经失去了一个儿子,他不想再因为这事连累到雱儿,现下该是打消他的这一念头才是。再说这新官上任,诸事琐碎,常州地广却偏僻,田地空余无人耕种的比比皆是,政令也松散得很,有些百姓甚至对此视若无睹。又因州郡官员变动频繁，官民互不相知，仰仗着刀笔小吏。这其中贪赃枉法、欺上瞒下、吃拿卡要之事并不会少。民不聊生，已经到了不得不管的地步。王安石清楚地知道，自家的事不管多大，在国事面前都是小的，所以这事并非不查，而是须待以后慢慢查，现在身边无人，他实在有些力不从心。

听完父亲一番劝，王雱自知父亲心意已决，便也不多说，叉手一拜后便郁郁离开。王安石望着他的背影，只得无奈地感慨他终究还只是个孩子。但他知道，王雱生性固执，这事怕还没个了结，来日方长，王雱迟早会明白他的一番苦心。他已经失了一个孩子，不会再让悲剧重演，一切的阴谋、危险都让他一个人受，家人最好永远都不要知情。从今往后，这一世，他会尽他所能，护家人周全。

待王雱离去之后，王安石踱步回到榻上，重新翻开书，却怎么也看不进去。方才一席话，更加提醒了他这常州境内的严峻形势，究竟该从何处下手，他不禁陷入了深深的思虑。

又过了几日，王安石照例准备出门视察民情，想到王雱已经五日没和自己说话，心中总觉得自己是否对他过于严厉了，只得唤身旁的王贵去叫他，但还没等王贵走出几步，便又急急唤道："让汀时去请。"

汀时和王雱自幼一同长大，感情自是非同一般，所以没过一会儿，就成功地将王雱拉了来。这厢王雱还有些扭捏，只一味别过头去，摆出一副不想多言语的姿态。王安石见其这般，只得无奈不去计较，孩子终归是孩子，愿意出门了也是好的。见人已到齐，王安

二、事与愿违

石便下令出发,一行六七人便挤上一辆马车而去。

几经颠簸,总算到了目的地,这是常州境内的一个小县,是王安石视察的最后一站,其实他心中已经有了一个大致的治理方案。此次出行,是以防有缺漏,更多的是想转移儿子的注意力。他偷偷观察王雱的神情,虽还是一副淡淡的表情,但比起先前已经稍显缓和,他不免有些欣慰。

众人来到这里人口最密集的村子,常州历来是以农业为主的地方,田地更是遍布各地,在这里也是如此。百姓都在地里不停地劳作着,这时一个六七岁的小童从他们的右手边颤抖着经过,肩上担着两大桶水,因王安石一行人皆站在田垄上挡住了去路,他只得怯懦地低声唤道:"老爷们让让,让让。"这声音犹如蚊蝇叫唤,所幸王安石离他较近,便示意大家让开。

只见这小童踩着众人让出的一条小道,摇晃着艰难地前行,小小的身躯仿佛下一刻就会倒下,重且大的水桶挡住了他的视线,他只能盯着脚下的路一步步小心翼翼地走着,看着让人着实不忍。王安石刚欲唤王贵去搭把手,便瞧着那小童一头撞上最前头不知道在想什么而出神的王雱,木桶重重地晃动了一下,便跌落在地上,连带着自己也重心不稳,一头翻下田垄,跌在地里,另一只木桶这时不偏不倚地倒下,水尽数泻在身上。一时间,他头上、身上淌着泥水,活像一头在泥地里打滚的小驴子,还来不及抹去脸上的泥,便吓得伏在地上一个劲地发抖,嘴里喊着:"各位爷饶命,小狗子不是故意的,不是故意的。"这一动静闹得颇大,以至于地里不少人都抬起头向这边张望。这时人群中突然冲出一个妇人,箭一般

第六卷　激荡熙宁

地朝这边冲了过来,还没说话便重重跪倒,伏在地上用余光瞥见这一行人皆穿着不凡,不免又是吓得一抖,再看边上那位少爷,此时衣衫的整个下摆均已湿透,自知是自家小子闯了祸,得罪了大人物,心中绝望,只能转身狠狠抽打身旁的儿子,骂道:"叫你不长眼,不长眼。"以期能够消掉对方的一点怒气。可还没等她打到三下,手便被牢牢握住。她下意识转身看去,却见刚才那少爷不知何时跳下了田垄,这时正站在她身边。另一位少爷这时去扶起跌坐在地上的狗子,她还没明白过来发生了何事,便见那少爷突然朝她一拜,谦逊说道:"本来便是我没注意,撞了这位小童,不关他的事。"

这时王安石也开口说道:"大姐莫要动怒,此事确是雱儿不小心。"那妇人见状,心中自是不胜感激,忙跪在地上不断磕头谢恩。正欲起身离去,这时远处急急跑来一人,走近一看,才知是县令,许是跑得急了,还未站稳便急急拜倒在地,呼着:"下官来迟,请王知州恕罪!"那妇人听闻此言,更是吓得腿下一软,忙拉着身边的小童慌张地跪下。王安石自知这样的阵仗未免太大,自己虽是一个知州,但说到底,不过只是个为民办事的父母官,不稀罕这种派头,便忙让众人起来。

这一插曲很快便揭了过去,随后在县令的陪同下,王安石又视察了几处,便打道回府。

是夜,王府内众人吃过晚饭,王安石便在议事堂处理公事,他脑中又忆起早上那个小童担水的艰难身影,改革的心愿便更加坚定了。这时王雱在厅外求见,早上一事似乎成功地转移了他的注意力,王雱此时深切地感受到民间疾苦,再联想到先前他们一路走

二、事与愿违

来所目睹的惨状,总算能暂时放下弟弟的死。他想起父亲对他的教诲,心中便突然想到一个法子,于是便急急忙忙地跑来,欲说给父亲听。

"雱儿,前来所为何事,若还是为了弟弟的死,你回去吧。为父此时还有更重要的事情要做。"王安石道。

王雱却并未离去,而是坚定地看着他,说道:"雱儿此次前来,并非为了弟弟的事,而是有关今早所见,雱儿心中有一想法。"

"你且说。"王安石闻言,不免略有兴趣地抬起头。

"雱儿认为,现在常州的百姓过得并不好,我们应该解救他们于水火。"

"如何解救?"王安石问道。

"唯有改革!"王安石闻言,不免眼前一亮,但却强压下心中的狂喜,继续追问道:"从何而改?"

"水利!"父子两人异口同声地说道。

经过先前那一变故,父子两人未免有些疏远,但就在这一刻,他们又好似达到了空前的默契,恢复成以往那种亦父亦知己的状态。王安石不免一阵激动,儿子总算能走出阴影,着眼于大事而非小我,更多的是一种找到知己的兴奋,他俩想到一块去,这下好了,他再不是孤身一人了。

他丝毫不掩饰自己的喜悦之情,忙走到王雱身边,将他带到厅内悬挂的那幅地图前,耐心解释道:"雱儿所想,正是为父所想,我国自古以来便是以农业为本,常州百姓更是以农业为生,所以在辖区内绝不能出现田地撂荒不事生产的局面,可见农业是百姓的唯

第六卷 激荡熙宁

一依靠。但你我皆看见,百姓务农时确实有诸多艰难,那小童担水灌溉的艰难,也是整个常州百姓的艰难。为父近日研究常州地形,却发现这一辖区内水系丰富,河流纵横。你看这里,芙蓉湖、长荡湖、太湖、孟津河,其他还有数不清的小支流,可见此地并不缺水。"

"但水流之间并无联系。"王雱清晰地指出问题所在。王安石眼中更加一亮,真是他的好儿子。"但雱儿却不知道,该如何将它们联系起来。"

一个十三岁的孩子能想到这一层,已经不容易,至于解决方案,王安石心中已经拿定了主意:"凿运河。"

王雱闻言,未免一惊,开凿运河这一工程的浩大程度可想而知,是否可行还是个未知数,但他知道,一条运河将对此地的农业产生翻天覆地的变化,这无疑将会是一件功在当代、利在千秋的大事。况且父亲素来执着,只要是他所想的,他都能做到,早年的鄞县,不也在父亲的治理下发生了翻天覆地的变化么,那么这次的常州,大概也会如此。

想至此,王雱便打消了自己内心的疑虑,近日来因为父亲对弟弟之死的不作为,让他对父亲失去了崇拜之心,这时的王安石,才是他印象中那个锐意进取、说到做到、心怀天下的父亲。这次的工程虽然利国利民但异常艰巨,自己早已不是当年那个无忧无虑的孩子,弟弟的死让父亲深受打击,这个家他也应该试着帮父亲一起撑起来了。

"若是雱儿能帮到父亲什么,父亲只管说,雱儿自当尽心尽力。"王雱说道,这时他看见王安石已经坐在案前拾笔写了起来,他深知父亲就是这样的急性子,也不便多打扰,转身便离去了。

但他们把这事想得太简单了。当王安石奋笔疾书时,他铁定没想到,这般好意最终竟会黯然收场。

3. 力不从心

王安石是一个说到做到的人,开凿运河的想法一旦确定下来,他便风风火火地将其付诸行动。这日,夫人吴氏端着一些茶点,叩响了书房的门:"老爷,妾身给您准备了些点心。"王安石闻言,忙起身将她迎了进来。自从幼子死后,夫人的精神不大好,身体也跟着每况愈下。他接过夫人手中的托盘,半扶着她进屋坐下,关怀地说道:"夫人身体还未痊愈,此等小事,交由下人做就好,切莫吹了冷风再冻着。"

吴氏听闻此言,心中一热,忙起身欲拜,却被王安石轻按了回去,只得坐在椅子上说道:"妾身听闻老爷近来连日操劳水利一事,已经久久没有好好吃上一顿饭。我深知你的性子,在兴头上定是什么都听不进去,又见昨日里王贵被你轰出房外,想来定没有人敢来劝你,今日便斗胆前来,劝你稍事休息,且吃了这碗银耳羹降降火。"说着,便端起桌上的瓷碗,轻轻吹了吹,递与王安石。

王安石望着眼前憔悴的夫人,心中不胜感慨。想当初自己中了进士,正是意气风发的年纪,又有些小名声,也算是大家眼中的如意郎君了。那时的吴氏,也是满怀期望嫁进来,却没承想,这一晃十五年过去了,自己倒是对她颇多亏欠。自己这个性格本就不圆滑,这几年也得罪了不少人,加之自己总想在地方干点实事,也

第六卷 激荡熙宁

连带着她跟着自己四处颠簸，早年因为青芫的事害她孕中落了病，让那女儿不足月便夭了。夫人这些年来身体都不怎么好，前些时日又丧了幼子，身体已是脆弱不堪，现下还这般为自己劳心劳力，着实让他感动。他忙接过碗，当着她的面几口喝下了。

吴氏见状，表情渐舒，上前用袖帕轻轻为王安石擦了擦，自知王安石尚有要事要做，也不便多打扰，转身便离去。行至门口，她却突然好像洞悉了王安石心中所想，便停下来，说道："老爷不用觉得亏欠我，一切都是妾身自愿。我知道老爷是心怀天下之人，不会为了些儿女情长的小事为难。这次开凿运河之事，工程浩大艰难，我会养好身子，不让你挂念，你只管放手去做便是。"说罢便款款离去。

王安石望着夫人坚毅的背影，第一次觉得这个女子原来并不单单是他印象中的温顺柔和，而是骨子里也透出一股刚毅，不由得对她又多了一丝怜惜。虽然王安石自知对夫人的爱，远不如当年对青芫那般热烈，他和夫人之间，更多的是亲情，也许正是因为这种亏欠加上怜爱，才使得王安石这十几年来从未纳妾，在以后应当也不会纳妾。

吴氏走后，王安石也逐渐收回了心思，眼下最重要的，该是如何策划兴修水利一事。常州地大，辖区东西约两百里，南北约一百六十里，若是要在境内开凿一条运河，单凭一己之力绝无法办到，必须和相邻地方合作。王安石也知道这绝非小事，须上报上司，于是便提笔修书一封，请示浙西转运使。

二、事与愿违

书信寄出去已有五天,这几日王安石也没得空,整日召集部下商讨如何开展工程,万事皆备,就等着上面的文书一到,便可开工。这日,王安石正和大家议事,王贵便慌慌张张地跑来:"老爷,到了到了!"说着,他恭敬地将文书递上。

王安石忙接过手来,想着这等造福百姓的事该是万无一失,便将文书打开,可不承想这信上却只写着几个字:兹事体大,再议!

这给了王安石当头一棒,这可如何是好?众人见他脸色大变,一时间也大致明白了这事估计上面是反对的,便也不再言语,毕竟为人下属,听人办事,只得宽慰王安石道:"王知州,这事切莫太急了,若是上面不同意,我们也没法子,只得从长计议。"却不料王安石把书信往桌上狠狠一拍,怒喝道:"不过是一帮怕事的,只想着自己这官坐得稳不稳,丝毫不顾及百姓死活。这事虽难,但却并不是不可行,既然这相邻州郡不助我,我便靠自己,我就不相信,这事还能黄了不成。"

此话一出,可是吓坏了众人。这王知州初来乍到,的确是不清楚这里的民情。常州地大人稀,再加上经费不足,这几年来并不富裕,哪来的人力物力去开凿一条人工运河呢,这王知州想得未免太过理想了。正欲再劝,却听得王安石发令道:"各位县令,我们未得到邻里相助,只得靠自己。这事能大大改善百姓生活,无论多么困难,我们都要克服。自明天起,你等便召集县内的壮丁、民夫,前来开工,如何?"

听闻此言,众人也都不敢应承,王安石看着他们沉默的样子,心便凉了一半。这上不允下不应的,难道得靠他一个人来办么?

第六卷　激荡熙宁

只得再次追问道:"诸位,意下如何？这工程虽大,我们若是团结一心,此事必可成功！"

可众人皆面面相觑,也都支支吾吾说不出个所以然来。王安石见状,心中更加急迫,这事已经谋划多日,不能就此搁置。常州境内的百姓还处于水火之中,自己作为父母官,不能只贪便利无所作为,明明有这样一条正确的路却不去走,他想起那天看到的面黄肌瘦的小童,心下更是一酸。可眼见众人这般模样,他当真急了,只得直直跪倒在地,重重拜下,道:"王知州在这谢过大家了。"

众县令见他这样,真是不合礼法,哪有上司拜下属的,也都接连一个个地拜倒在地,这时为首的司马旦只得无奈说道:"王知州爱民之心,吾等尽知,我又何尝不是如此,但兴修水利一事,役大而亟,民有不胜,我等当真力不从心！我深知此事对百姓而言,有百利而无一害,但这工程浩大,又不获上层支持,单凭你我之力,实在微弱,当厚积薄发,切不可急。再者若是尽数调出各县民夫,以至于无人生产,田地荒废,也是不佳。请令诸县岁递一役,虽缓必成！"众人听得此言,也纷纷附和。

这话说得滴水不漏,虽是反对王安石,却句句在理,让人挑不出刺来,王安石自知无法再辩驳,只得作罢。但他深知若是一年轮一县,等到完工,不知这知州都换了几茬了,这并非他所愿。但眼下众人如此这般,他也只得从长计议。

待众人散尽,王安石这才默默步至书案前坐下,陷入了沉思。眼下该如何推进兴修水利一事,看大家这般态度,他难道得放弃这事么？不行,本来他数次辞去京官,已是惹得朝廷不悦,这次好不

二、事与愿违

容易得了地方官一职,此行前来,便是为了能予民便利,为民做事,若是在任上碌碌无为,又怎对得起圣上的信任呢?但眼下究竟该如何说服这辖区内的县令呢?

王雱自从那日提出水利改革的法子之后,王安石便有意无意地教他一些处理政务的方法。今日议事,为合礼法他虽未出席,但王安石却并不忌讳让他知道情况。这会儿王雱听了消息后匆匆跑来,王安石也并不奇怪。

"父亲,孩儿听说,此事可是遇到了困难?"王雱人还未迈入房中,便急切问道。

见他如此,王安石便喝道:"雱儿急什么,切莫失了分寸,怎可这般莽撞,人未入,声先到,这是为人子女该有的态度么?"

王雱闻言,心下一阵委屈,自己也是为父亲忧心着急,可无奈理亏,只得叉手朝父亲深深一拜,也不敢自行起来,就这样弓着腰候着。

王安石见他这般,心中又是不忍,对这个儿子,他心中总是矛盾的,明明恨不得把这世上最好的都给他,却又不得不对他严厉。他自知雱儿早慧,所获称赞过多,未免有些骄纵,性子又急,和自己一般固执。他深知自己这种性子是不讨喜的,容易得罪人,只得暗自希望自己能早些将儿子的性子拗过来,免得日后吃亏。"起来吧。"他上前轻轻扶起儿子。

"水利一事,确未获得上司支持,也未取得邻里相助,辖内各县也想要袖手旁观,雱儿,这下我们可是孤立无援了。"王安石苦笑着无奈说道。

第六卷 激荡熙宁

王雱一时也想不出更好的法子,心中颇为苦闷,想到自己无法为父亲分忧,当真枉负了少年才子的盛名,心中更是懊恼。但他转念一想,又觉得此事其实并非完全无望,便开口说道:"孩儿认为,父亲乃堂堂知州,为何要顾及下属意愿,只管传令下去,他们还哪敢冒着不为民谋事和不遵从指令的罪名不作为呢?"这话说得甚是轻狂,也难怪是出自一个十三岁少年之口,但仔细一想,这话却并无不合礼法之处,只是这般强硬的态度,不知道会不会木强则折。

这是最坏的方法,王安石这样想,只有到不得已之时,才能用官职和权力去压,眼下须得再想想其他更好的法子。

过了几日,此事终究没有任何进展,上面摆明了不参与的态度,你王安石要发疯,可别拉着别人,只管在自己的治下,想怎么折腾都行;而下面的人却打起了苦情牌,不管王安石如何劝说也皆是油盐不进。王安石第一次感受到,有一个属于自己的队伍是多么重要。但这想法一出,就被他自己狠狠打消,怎可动了结党的念头,王安石立马告诫自己拉帮结派是朝廷大忌,自己先前拒绝京城各大权贵圈子的邀请,以洁身自好,现在可不能做打脸的事情。但来到任上已经一月有余,此事不可再拖延下去,如今只剩下最后一条路了。他提笔犹豫半天,终无奈写下前前后后数十封公文,盖了印,封了火漆,让王贵派人分发下去。

第二天,王安石和王雱便在议事厅内焦急地等待,昨日的公文已经发出,今天该是召集民夫的日子,可这会儿已经过了辰时,却不见一个人来。王雱有些沉不住气了,道:"父亲,该不会没有人来

二、事与愿违

吧?"王安石心中着实也没有底,但眼下他是最不能慌乱的人,只得沉声说道:"别急,且等等再看。"

又过了一会儿,门口总算有了些动静,王安石忙走下台阶,各县县令纷纷来了,可这带的民夫,却是稀稀拉拉的,一个个面黄肌瘦、羸弱不堪的样子,就靠这些人也能挖出一条运河么?待众人来齐,王安石粗略数了数,这民夫只有五十余人,这偌大的常州,不该只有这些。还没等他发问,司马旦便抢先回话道:"王知州,我等遵从命令,已带了空闲的民夫来,共有五十六人,请王知州查看。"王安石听他这么一说,更是有苦不能言,这人摆明了拿话压他,先前县令已说过境内人手不够,没有空闲的劳力,自己偏要让他们去召集,眼下他们随随便便拉了一帮人来,自己又不能嫌少,但聊胜于无。于是他只得下令,命众人进库房拿好工具,随他一同出发。

人力不够,再加上每个人都瘦弱不堪,工程进展缓慢,但事已至此,再无回头的机会,王安石的一股蛮劲又上来了。这几日他已经动员家仆参与进来,各县令也象征性地遣来几个小仆,他还在不间断地向上司和邻近州县请求支援。

但事情却并未朝着他所希望的发展,又过去了半个月,始终没有一个人给他回信。加上天公不作美,这一个月总是阴雨绵绵,使得土地泥泞不堪,一些身子本就虚弱的民夫因为双脚整日泡在泥水里,肿胀不堪,更有甚者已经生病倒下了,眼瞅着这人一个个地少下去,王安石感到力不从心。

对于生了病的民夫,王安石并未遣送回家,而是将他们安置在府中,夫人吴氏负责照料他们。她身子还未好全,此时却也无法继续闲着,只得出来打点上下,弟弟王安国还卧在榻上,弟媳还是那般痴傻的状态,吴氏这样来回奔波、里外兼顾,不出几日便消瘦了一圈。

这日,又是一个雨天,已经是工程开展后的第三十三天了,他们挖出的长度还不足百米,照这样下去,完工之日遥遥无期。王安石站在堂前,望着屋檐上滴落的雨滴,一种深深的无奈感笼罩着他。这种无奈感不比丧子的疼痛刻骨铭心,也不比先前在京为官的那种麻木,而是一种食人骨髓的无力感。这种无力感令王安石发疯,让他第一次对自己产生了深深的怀疑,他是否错了,执意当地方官的他,真的能为百姓做事么?没有更大的权力,不站在更高的位置,是否就会这般束手束脚,事与愿违?没有他的党派,没有为他所用之人,他一己之力,实在是太过渺小了。他这样想着,却不知自己的衣襟早已被雨水浸湿,王贵想过来为他打伞,却被他制止。王安石想起在这外面,那些冒着雨丝,浸在刻骨阴冷中的民夫,他突然意识到,他们不是在挖予民恩惠的运河,而是在挖自己的坟,在埋葬自己。

吴氏这时缓缓走来,站在王安石身后默默地看着。作为王安石的夫人,她深刻地明白王安石此刻心中的无奈和挣扎。她也不明白,早年在鄞县的方式搁在常州,怎么就行不通了,她实在不忍心将这个消息告诉王安石,但她不得不说。等了片刻,吴氏上前,哀痛地请罪道:"妾身照料不周,前日里送来的李三福,方才去了。"说着便半蹲着跪下身去。

王安石闻言,不由得闭上了双眼,这样的局面,他早已想过。

二、事与愿违

他转过身,望着跪在地上虚弱的夫人,心中又是一酸。是啊,为了他自己的固执,多少人在默默遭罪呢,他上前将吴氏扶起,宽慰道:"你尽力了,快回去歇息吧。"吴氏还欲说些什么,却被王安石堵住了口,"你先什么都不用想,为夫自有打算。玉穗,扶夫人回去歇息。"

待吴氏走后,王安石走到收容民夫的厢房,看着一个个躺在地上面如土色的百姓,看着他们肿胀的双腿还在往外流着脓水,看着他们只剩一口气勉强地活着,看着身旁服侍他们的家仆红肿的双眼,听着他们时不时的咳嗽声,他终于死心了。不应该再有任何一个人死去了,这事该停止了。

"王贵,传令下去,兴修水利一事,推后再议。厚葬李三福,给每个民夫发放抚慰金,让他们散了吧,回家好好养养。这事就罢了吧。"王安石心痛地说出这句话,便像被抽干了精力一般,直直地倒了下去。

等他醒来,便看到屋内乌泱泱跪了一群人,各县县令都前来请罪,但王安石知道,最该怪罪的应是自己,来到常州任上还未满一年,什么事都没做成,劳民伤财的帽子便扣上了。这下,真不知道该如何面对父老乡亲了。他不明白,为何一件出发点如此好的事情,会发展到这样的地步,他再一次感受到自己的无力和渺小。身居低位,自然事事被人限制,无人可用,自然事事亲力亲为,可又偏偏精力有限。他第一次有了招兵买马的念头,有了爬上高位、手握权势的欲望,这种想法让他心惊,这不是他所认识的自己,自己从小的教育从未教给他这些。他不由得对自己产生了怀疑,这种精神上的打击毁灭了他一贯以来的信念和自己的信心。他的力不从心,他的事与愿违,真不知该对何人说起。

这几日,他一直在思考今后该如何执政,现在他真是没脸见百姓了。兴修水利的余波还没过去,却有一封调任书悄然而至。

三、山雨欲来

1. 甘居幕后

嘉祐三年(1058)二月,王安石任提点江东刑狱。

提点江东刑狱,是个名副其实的实职。按理说照王安石的性子,这种位置应该正中下怀,但也不知是之前常州治水利的失败还是因为司法部门无法让他大展拳脚,王安石在任期间,始终没什么出彩的作为。倒是他任命刘季孙这一介武夫作为府学教授,落了个议论纷纷。宋朝重文轻武,故大多数文人打心眼里看不起武将,在朝堂上互相倾轧的情形比比皆是,虽不少重臣如韩琦也是武将出身却也位居枢密使,那一口行伍话还是被传统士大夫所不齿。

刘季孙与王安石非亲非故,这文武相斗的浑水,换作谁都不愿意去蹚,可王安石偏不。也许是因为他父亲官位不高,从小便带他四处游历的原因,王安石的骨子里,倒没有什么腐朽世俗的士大夫的优越感。只要是人才,不论文武,就应该破格录用,再加上他自己出了名的拗脾气,这事竟还真的办成了。事虽办成,但反响倒是颇大,都说好事不出门,坏事传千里,王安石的这次用人竟成了汴梁官员、百姓们饭后的谈资。权贵笑他,士大夫怪他,就连和他素来要好的司马光也修书一封给他,认为此事欠妥,有违常理。他所敬重的欧阳修在得知此事后,更是大为恼火,骂他这是跌了文人的价儿,让别人看轻了去。

王安石从没想到这么件小事也能翻起这样大的浪,这令他震惊。近年来天灾不断,百姓生活在水深火热之中,正是朝廷用人之时,竟还会为了几个虚名大肆谴责他,这不免让他觉得自己虽然不在京城,但依旧处处受限。常州兴修水利力不从心,最后落了个劳民伤财的话柄,这次想要提拔有才之人,竟也有这么多人阻止,这令他犹如困兽一般不知该往何去。失子的悲痛,治水失败的反思,以及他心中想要拯救天下苍生却无法达成的宏愿,犹如一条最利的皮鞭,日夜抽打着他的良知,让他终于决定,不能再这样避重就轻下去了,他要向朝廷提出改革。

十六年的宦海生涯如白驹过隙一晃而过,王安石因为自己甘做地方官的初衷,这些年来也看尽了这个国家底层最现实的一面。他深知国家的诸多方面都已积弊很深,就凭他这个地方官的微薄力量,想要改变不过是蚍蜉撼树。唯有朝廷实行改革,才能改变大局。他想到之前朝廷对他的百般挽留,心中感慨万千,他甚至幻想若是当初留京为官,是否就不会让自己陷入这种束手束脚、无处施展的僵局?这个念头着实把他吓了一跳,他王安石岂能是这种贪图名利之人。于是带着这些复杂的情绪,他斋戒三日,用一颗最虔

三、山雨欲来

诚的心和满腔的热情,挥笔写下万言书。

饱含着王安石多年政治心血的万言书送了上去,却犹如石沉大海,没了音信。王安石忐忑多日却等不来一个结果,不免奇怪,朝廷之前对他稀罕得紧,怎的这一会儿说不理就不理了。正当他百般疑惑之时,朝廷的回复终于到了。

嘉祐三年(1058)十月,朝廷调任书到,王安石回京就任三司度支判官。这份文书的到来,恰如王安石一拳打到了海绵里,只得又按照老规矩,辞官不就。但这回朝廷没有批准他的请辞,于是王安石只得携妻带子以及一众家眷,踏上了回京的道路。

让王安石欣慰的是,朝廷虽未采纳他的改革意见,但是改革的意识还是有的。三年后的京城,一大批政治新星聚集,苏轼、苏辙等人的活跃,好友司马光的积极,颇有一种新气象。说到底,他是孤独的,自己的思想无人理解,自己想做的事也无力可施。他很清楚当朝皇帝年岁已高,做事求稳,彻底改革自然不行,好在改革势头还在,也算是聊胜于无了。

当时改革的重点主要放在茶、盐和裁军上,涉及面虽不广,但对经济方面,倒是有一定的效果。王安石虽常与司马光等人探讨改革方向,但他俩一个趋急一个趋缓,常常意见不合,不欢而散。又因王安石始终觉得这是个治标不治本的办法,但如今也不可逆势而为,渐渐地便也不再热切。无奈当时的朝廷,有数不胜数的人想要借着改革的势头冲上去以获得平步青云的机会,拉帮结派的人不在少数,这更令王安石感到深切的孤独和无助。

嘉祐四年(1059),王安石好友王令因脚气病死去,留下怀有身

第六卷 激荡熙宁

孕的遗孀,正是王安石当时做主为其求亲娶来的王安石妻从妹吴氏,孤儿寡母的,便投奔了王家。孩子出生,是个眉清目秀的女娃,因为这样的家世不宜将名字取得高调,便唤作清水。

嘉祐五年(1060),欧阳修极力举荐,屡次修书王安石,为其引荐吕惠卿,王安石只得碍于面子见了,不料二人竟一拍即合,一来二往,便也渐渐熟络。许是王安石孤独得久了,极欲觅得个志同道合的知音,吕惠卿的出现,让王安石在政见上有了一定的支持,信心也大为增加。都说好事成双,王安石不仅在政治思想上找到了同伴,嘉祐六年(1061),王安石的后院也添了个红袖添香的可人儿,这是韩琦的"杰作"。

且说那韩琦的固执,不在王安石之下。当年和王安石一同在地方为官时因自家子弟弄没了他的一个相好,不料王安石记恨至今,三番两次拂了他的面子。他与王安石,本就不是什么水火不容,为了这么个风尘女子不和,实在不像话。他现下位高权重,树大招风,一堆人等着要抓他的小辫子,偏偏对方又是油盐不进的王安石,若是他俩的私怨被有心之人利用,传出去说他韩家仗势欺人,杀害民女,又得招惹是非。于是自王安石回京以来,他便想要将这事了了,先前因为改革的事情耽误了一阵,现在该是解决的时候了。

这等私事自然不好与外人商量,所幸他的家中也养了不少出谋划策的幕僚,大多数都是一本正经的,偏偏李之昂最得他的心,没有什么文人的臭脾气,人聪明不说,更是灵活,事情往往办得滴水不漏,于是便交代下去,令他觅个合适的女子来赔给王安石。

三、山雨欲来

李之昂不知出于何种原因，对于王安石进京似乎有很大的意见。早前因他的撺掇，借了权贵的手想让王安石有去无回，不想却失败，这次王安石竟然再次进京，他绝对不能放过这个绝佳的机会。韩琦的要求正中他的下怀，世间最狠不过温柔刀，杀人于无形，他想起脑海中那个熟悉的身影，那双晶亮的眸子，那样温暖的声音，心中不免一窒，但那也只是一瞬。他回想起自己从嘉祐元年（1056）进京以来，无时无刻不在准备着，甚至他的一生，都因为一个荒唐的预言而等待着、隐忍着。现在，终于让他等到了，不能再出现什么差池！

当日夜深人静，他便戴上斗笠，熟门熟路、七拐八拐地摸进京郊一座别院，开门的是一个女子，约莫二八光景，眼眸流转，看清来人后有一种掩藏不住的惊喜，忙将他迎了进来。李之昂来到屋内，她便拉着他说个不停，俨然一副天真少女的模样。李之昂自知此事不可再拖，只得狠心打断她，道："云娘，我们等的那一天，到了。"说完便转过头去，不忍心看她的反应。

云娘闻言，犹如一盆冷水将她从头到脚浇个透。她想起五年前自己被李之昂从贼人手中救下的场景，想起那个温润少年对着她伸出手，说："你愿不愿意跟我走？"父母双亡的她那时还那么小，少年的出现，就是她的希望，自那时起，她便决定一生追随他。当三年前他对自己说有可能之后会利用她来完成一项任务时，她只问了一句："对你很重要么？"在得到肯定回答后，她便决定义无反顾地要去做，只要他好，怎么样都行。她只是没想到那一天来得这么快，只是遗憾他们两人相聚的时间太少，但也无可奈何,只得答道:"好。"

李之昂闻言,心中却是慌了,他设想过云娘的怨怼、云娘的反抗,但没想到会得到云娘这样简短的回答,心里吃了一痛,道:"你就不问问我要你做什么?"

"你说的,无论什么我都会去做。"云娘毅然回答道。

"我要你嫁人,做我的内应。"李之昂回头对她说道。

云娘万没想到是这样的答案,一愣过后心中犹如被刀割一般,自己的心意,她不信他没有察觉,看来终究是神女有意,襄王无梦。他,也只是个遥不可及的梦罢了,一切都是自己的妄想。她强行压制自己内心排山倒海的伤痛,这份伤痛好似下一秒就要压垮她,所以她不能出声,因为一出声,便会不可控制地流泪,她只能默默点头。

李之昂见状,知道再不舍也只是为自己添堵罢了,女人,终究没有权力来得真实可靠,况且这个信念已经伴随他一生,他马上就要成功了。于是他迅速从先前那种悲伤的氛围中抽身出来,交代道:"你是我远房的表妹,懂了么?"说罢也不等云娘回答,便率先离开了。

翌日一早,李之昂去向韩琦复命,说若是赎了这勾栏里的雅妓,免不得让别人说他们有侮辱王安石之嫌,显贵家的姑娘又不合适,小家子里出来的送出去又丢了韩家的脸,最后选来选去,只得选了自家的表妹。虽不是大户人家,但从小也读过几本书,识了些字,样貌清秀,也算是自己私心,为自家人求个好归宿,好声好气地求韩枢相多多提携。韩琦闻言,自觉此事甚妥,随即便找了婆子将

三、山雨欲来

云娘接来看过后,便带着她上王府赔罪去了。

与其说是赔罪,倒不如说是添堵,王安石对当年之事甚是介怀,不料他韩琦今日又旧事重提,心中不免窝火。又听闻韩琦的来意后,王安石霎时火冒三丈。他把他王安石当作流连美色的登徒子么?当下便让王贵请他出去。可巧牛脾气遇上了牛脾气,韩琦见王安石这般不识相,也不想退让,一来二去,二人便在前院闹了起来。吴氏听闻这一动静,只得出来,朝韩琦福身作揖,还没等她开口询问,就听得韩琦高声质问道:"怎得?夫人不知道善妒也是七出之一么?我堂堂大宋的知制诰,连个妾也纳不得了么?"吴氏着实冤枉,实在不知道发生了什么,便劈头盖脸被韩琦一顿数落,当下便愣了。王安石看此情状,更是急火攻心,当下便反击道:"莫要往我浑家身上泼什么脏水,当初你韩家逼死青芜,现在随便塞个人就想前罪尽销,真是荒唐!"

韩琦看王安石好话不听,只能用无赖方法对付了,当下拉了众人便走,独独留下云娘,边走边说道:"这姑娘,今天我是当着众人的面嫁进你王家来了,今后你要休要赶,也都是你的事,与我无关!"说着便消失在门口,只留下云娘孤身站立在院内,进也不是,退也不是。就算再坚毅的姑娘,经此羞辱,也承受不起,当下便忍不住嘤嘤啜泣起来。

王安石见韩琦这般无理取闹,拂袖愤愤离去,只剩下吴氏和这云娘站在院子里,真是尴尬。吴氏之前因青芜之事动了胎气失掉一个孩子,这是她心里一个永远解不开的结,又想起丈夫当年为青芜那般闹,更是让她吃痛。今日云娘的出现,仿佛是时时刻刻提醒着她青芜的存在,这让她觉得如鲠在喉,甚是难堪。无奈那韩琦吃准了她不会赶云娘出去败坏人家清白,当下只得摆出一个正室应有的大度,接云娘入府。

是夜,韩府,在大家都熟睡之时,唯有李之昂一人独自清醒,送走云娘,这也是无奈之举,他只得饮酒自伤。酒酣,只见他从袖袋中摸出一枚铜质勋章,因为常年来的反复磨搓,这枚勋章已经发亮。李之昂望着它,若有所思,想起自己经受的种种,不免落了泪,嘴里嘟囔道:"父亲,姐姐,这下你们该认我了吧。"说完便醉倒在案上。

残烛还在烧着,照着李之昂,映出几分受伤的神色,他手中紧紧握着那枚勋章。细细看去,那勋章上似乎一面是纹饰,另一面则刻着一个字——梁。

2. 阿云之狱

日子就这样不慌不忙地过去,在京为官已经五年,王安石的政治构想始终没有实现。这段时日也算是碌碌无为,反倒是苏轼、苏辙等人后来居上,积极得很。云娘进府也已经一年有余,所幸她本也是不争之人,对吴氏也是百般尊敬,和王安石的几个子女也玩得要好。她名义上虽是妾,但也不过是个空名罢了,和王安石并没什么深切交流,除了每月向李之昂汇报些王安石的衣食起居,其余时候,也算活得自在。

嘉祐八年(1063),流年不利,自年初起,朝中就一直有人离世,先是太子少傅田况,再是庞籍紧随其后,时年五十三岁的赵祯看着

三、山雨欲来

原先的辅丞一个接一个离他而去,心中尤为不忍。想到八个月前朝堂之上,韩琦等人逼其立储,自知此事已到了不能再拖的地步,只得立了侄子赵宗实为太子,心中不免郁闷。求了三十年的皇子到头来终究是南柯一梦,赵祯的这块心病至此,也算是无药可医了。他看着当初辅佐自己的大臣们一一离世,又想及韩琦、司马光等人的强势跋扈,自知自己的时代已经颇有一种气数将尽的意味,一股火蹿上来,没缓过来,就此病倒。三月辛未,赵祯驾崩。八月,王安石因母丧回到江宁守孝。

一晃又是五年过去,轰轰烈烈的仁宗时代结束后,英宗时代又匆匆而过。治平四年(1067),赵顼即位,这个刚满二十岁意气风发的皇帝,他的到来,伴随着山雨欲来风满楼的气势,即将开启一个全新的格局。

早在当太子的时候,赵顼便早早听过王安石的大名。这位皇帝不同于仁宗的和缓,年纪虽小,心中却有一个疯狂的梦想,初一上位,便毫不犹豫地显露出他对军事的热忱。无奈当时整个朝廷积弊已久,国库亏空,无法支撑军事上的发展,再加之富弼等老臣的极力反对,他便只能硬生生地将这个欲望按下去。面对日益严峻的形势,改革似乎已是不得不行,但要求进言的帖子发出去,总是收获甚微,这群官僚大臣,不是打哈哈,就是说不到点子上,这让他愈发焦急,同时,心中也越来越偏向王安石。在多日苦求治国对策无果之后,皇帝不顾众臣反对,任命王安石为江宁知府,旋即任命其为翰林学士兼侍讲,至此,王安石再次回到京城,回到这个权力、政治和风暴的中心。

第六卷　激荡熙宁

熙宁元年(1068)四月,赵顼开始私下召见王安石,谁都不知道他们说了什么,但随着见面次数的愈加频繁,一些大人物终于坐不住了。

七月,韩府。

正厅之上,早已有数人落座,但却没有一个人能轻易开口,茶盏中已再无热气冒出,众人却也只能面面相觑。几日前韩琦辞官的消息早已不是秘密,是真心隐退还是以退为进无从辨别,今日他特召众人来,实在让人摸不着其意图所在,大家只能硬忍着不开口,静观其变。

韩琦何等精明之人,混迹官场多年,历经仁宗、英宗两朝,到了赵顼一朝,早已是花甲老叟,虽身居宰相高位,且因着北方门阀的关系勾连着数个大家族,关系链上的大官小官更是数不胜数,但他早知权力一物,该拿该放,如今在这风口浪尖选择隐退,是最合适的选择。当今的皇帝,不比仁宗和英宗,正是最自信最有干劲的时候,先前数次要群臣进言,他就已经知道这位主子注定不是什么碌碌无为之辈。王安石的再次入京,更是提醒了韩琦,改革已是必然,那么他必须掌握先机,求得一个全身而退的机会。但离京并不意味着放权,这仅仅是权宜之计,是韩琦无奈之下退而求其次的一步。让他甘心放下权力,真是痴人说梦,就凭他手下这纵横复杂的关系链,他绝对能做到保存自身的同时,尽可能减少损害,今日召集众人,也是为了此事。

在座之人,多是士族公子,得益于祖荫入仕,也有不少虽不出自名门望族,却是数代为官,他们构成了宋朝一个庞大的团体——

三、山雨欲来

士大夫阶层。他们在重文轻武的国策下成为最大的受益者,为国献策的同时,享受着各种特权,攫取各种利益,少数能在利益的洪流中保持清醒,仍然保有一颗赤诚坦荡的爱国之心,多数只能淹没在权力金钱的旋涡中,无法自拔。司马光恰恰属于前者,对于士大夫阶层这种权力和利益之间的微妙平衡,他是默许的,这一点和王安石截然不同。但他同样有他的抱负,正如年轻时候的韩琦一般,还没有被太多东西牵绊,还是心系天下百姓的。人都会有私欲,加之这几年在京城,司马光一步步靠近权力中心,心境早已不复当初。他是个很有耐心的人,也是个很有毅力的人,所以他不急着登顶,但若是有一天,有人和他处于水火不容的两极,有着此消彼长的命运,那么他绝对也会奋力反击。

来了一会儿,众人内心都有着自己的考量,气氛安静得令人尴尬,终于还是韩琦打破了宁静,道:"诸位,我即将离京,今日特请大家来,是有些事情还要与诸位相商。"人群中不免一阵骚动,一些原以为韩琦的辞呈只是一种威胁手段的人难免震惊。对于他们来说,韩琦的存在,他的被重用,代表着圣上的看重,代表着国家利益和个人利益之间的平衡,而如今他的离去,是不是说明如今的圣上,这个二十岁出头的热血青年,察觉了什么,还是说那个让历代君主都不敢轻举妄动的皇权和官权之间的微妙平衡,即将被打破?

"韩相非走不可吗?"有人忍不住问道,一时间,众人都将眼光聚焦到韩琦身上,想要从他脸上窥得究竟,希望这张脸上能有他们希望看到的笃定。但是他们所看到的只是一个老者的无助和无奈,他说:"这朝中,已经没有我的立足之地了。"

第六卷　激荡熙宁

这下人群中才开始有了真正的骚动,一种不安的感觉向他们袭来,这种不安的感觉终将变成恐惧,指使他们做出一件又一件肮脏卑鄙的事情。这时门外着急跑来一人,正是司马光的侍从,说是宫里传话来,让他赶紧进宫一趟,于是司马光忙告辞回家换了官服,急急赶去。

赶至大殿,却见圣上面前赫然立着王安石,原是今日有一起纠纷案件,需要众人共同裁判,于是便让内侍将奏折捧了去让两人看。案件涉及一名女子,名叫阿云,是登州一个普通的农家少女,年不及十五,生得白嫩俏丽,柔弱不经事,父亲早丧,去年又死了母亲,家贫如洗,无以度日。阿云的叔叔为了弄点钱,欺负阿云年幼,不顾阿云母丧未满,强行做主,将阿云许配给村里的老光棍韦大宝。韦大宝长相难看,让阿云非常不满。阿云生性倔强,不想就此毁掉自己的一生,思前想后,便决定冒险自救。

一天,阿云独自来到韦大宝家,韦大宝正在屋里睡觉。阿云壮了壮胆子,便举刀乱砍,但是阿云身体弱小,连砍了十余刀,也没能把韦大宝杀死,只是断其一指。案子很快告破,阿云被捕,受刑后只得全部如实招供。案子到了登州知州许遵那里,许遵有着长期办案经验,而且性格坚强,不从流俗,审阅完卷宗后,作出判决:阿云定亲时,"母服未除,应以凡人论",订婚无效,不算韦大宝的妻子,所以也就谈不上谋杀亲夫,可免死罪。

不料案情上报到审刑院和大理寺,却遭到一致批驳,不顾情节,改判阿云"违律为婚,谋杀亲夫",处绞刑。许遵不服,再次上奏,从另一个角度来为阿云辩护,请求考虑阿云受审时主动供认犯

三、山雨欲来

罪事实,应以自首论处,免于死刑。案子又被交到了刑部,刑部对此案的判决却与审刑院和大理寺相同,还是要处死阿云。正在这时,许遵被提拔到大理寺任职,针对刑部的判决,许遵指出：阿云应该从轻发落,如果不论青红皂白,"一切按而杀之",就会"塞其自守之路",不符合"罪疑唯轻"的断案原则,请刑部再议。御史台的官员知道了这事,指责许遵枉法。许遵不服,请朝廷将案件发给翰林学士们讨论,于是便有了今天的一幕。

这个案件并非多么稀奇,但在此时,却显得暧昧非常。当下王安石入京,他所代表的一派南人新秀便蠢蠢欲动,改革的势头已经越来越猛,赵顼与王安石经此前一次谈话后关系日益密切,王安石早已是宰相炙手可热的人选。韩琦辞官,一切都在往王安石那边倾斜,但司马光也是赵顼倚重之人,甚至之前皇帝想要任命他为长官,着手改革。所以这时候这样一个案件,便不再那么简单,究竟是变通法度从轻判决,还是不近人情只遵古法,变成了赵顼对两方态度的试金石。赵顼虽一腔抱负,在行事上却小心谨慎,改革虽已势在必行,但让谁改,怎么改,却有很大空间来商榷。按说若是圣上属意王安石,早该有所安排,但他对王安石,也没有太过热络的举动,圣心难测,这让司马光和王安石此时颇有一种莫名紧张之感。

司马光毕竟在官场多年,有着比王安石更为老辣的中庸之道,改革一事,实在敏感。宋朝根深业大,积弊已久,犹如一座巍巍大厦,支柱却被蛀烂,如何补救,轻重之度,需要很多考量,且之前并不是没有改革的先例,从缓,是最为妥善的处理方法。相信这个刚

第六卷 激荡熙宁

刚即位的青年皇帝也是如此考虑,至少目前,他不会轻举妄动。于是乎,司马光便表明自己的立场,依照旧条例,谋杀之人不能自首,依旧判阿云绞刑。

圣上闻言,不禁沉思,祖宗之法不可废的道理他很清楚,司马光句句在理,无一错处可挑,只得暗自沉吟:"爱卿所言甚是。"他很清楚地知道,司马光的这个选择,除了选择站在刑部和御史台一边,更是选择站在宋朝开国以来早已稳定的官僚系统一边,站在太皇太后曹氏所代表的正统祖法一边。他,一个刚刚坐上皇座的小皇帝根本无法反抗,当然,还因为他自己内心深处的恐惧和担忧。他并非正统嫡系,而是过继到仁宗的一脉,这让他在太皇太后曹氏的面前,始终有着心虚和卑微,他敬她,换言之,他害怕她,在他意气风发的背后,有着最深沉的自卑和急于获得承认的迫切。他想成功,但他更怕失败,这是让他迟迟不敢开始改革的最大原因,但与王安石的数次交谈,让他越来越接近他想要的成功,更何况他们还有一个最默契的观点、一个变法最大的秘密、一个属于他俩的野心和梦想,这就像毒药,让他愈发想要接近,欲罢不能。尤其是当王安石对改革有了更为清晰细致的步骤时,这让他觉得,这场成功,志在必得。几个月来,他都在这种害怕失败和渴望成功的纠结中苦苦煎熬,直到今天,他在试探两人的态度,同样在试探自己内心最真实的想法。于是他望向王安石,在等着他的态度。

王安石在听到司马光的回答之前早已想好,不管怎么样,他都会按照自己最真实的想法说实话。其实站在他的立场上,他有更好的选择,可以选择一个更为稳妥的态度保障自己现有的优势,毕

三、山雨欲来

竟现如今,韩琦辞职,首相之位空缺,圣上对自己的好感日增,他是离权力中心最近之人了。这几个月来那么多次谈话,神交多时,他早已明白圣上最宏大的梦想,同时也清楚他内心的顾虑和恐惧。但他不想说出一个既能变通又不至于太过激进的处置方法,他不想。

他素来不是贪恋权贵之人,一直以来都只想做点实事。他知道自己是一个固执的人,所以在早年走了些不必要的弯路,职守地方,造成与朝廷中心脱节,形单影只却不自量力。兴修水利的失败,那些无辜逝去的生命,深深打击了他,也一刻不停地提醒他,一定要拥有权力,才可以干自己想干的事情。但对于权力,他素来坦荡,他不会处心积虑地去获取,他会明明白白地让圣上甘心把权力交到他手上。所以数年来,他不停在脑海中构思这场不得不来的改革,不停地思考、完善、修改,直到今日,终于有了一个蓝图。此刻,他不仅离权力只差一步,离他毕生的理想也只差一步了,内相权衡,他毅然选择遵照自己的内心,"我支持许遵,阿云不该死"。

说完他便抬眼直视圣上,眼中是前所未有的坚定和力量,他志在必得,相信圣上心中也是这样想的。但是圣上看着他,却陷入了沉默,这种沉默令所有人不安,所以司马光当即说道:"按照大宋刑统,阿云必须死,这是延续数朝的条例,现下推翻了它,你是何居心!"

"七月朝廷曾签发了一道诏令,'谋杀已伤,按问欲举,自首,从谋杀减二等论',难道祖宗之法重要,当今圣上的法诏就可以置若罔闻了吗?"王安石立马反击。

赵顼闻言，眉头不禁一皱，一道犀利的目光便向司马光射去，一个心怀抱负的在位者，不管心中有多少恐惧，都比不上别人对自己皇权的质疑，这是历代皇帝的逆鳞，从来不可忤逆。司马光深知这一点，忙跪下身去，大呼"微臣不敢"。圣上的沉默让司马光第一次感到害怕，这是一种将要被取代的恐惧。和先前不同，他感到自己不如王安石，王安石的胜算比他大得多。看来还是小看了圣上的胆子。

这算是王安石和司马光的第一次正面对峙，其实自从王安石此次回京，他便知道司马光和他的关系反不如从前了，这种感觉微妙不可言说，但彼此心知肚明，往日的情还在，此刻却剑拔弩张。赵顼如鹰般的目光在二人脸上逡巡。王安石那个坚定的目光，他的话，都像一团火焰，瞬间燃起了他的熊熊决心，但他还是要谨慎，所以他强压下心中的欲望，决定选官再议。

司马光回去之后，在夜深人静之时，偷偷进入韩府，书房的灯光彻夜透亮，没有人知道他们说了什么，但司马光却成了唯一知道韩琦辞官离京原因的人，同时，韩琦身边的李之昂成了司马光的幕僚。而王安石也未曾闲着，吕惠卿等人连日进出王府，显得尤为忙碌，整个京城弥漫着一种山雨欲来的紧张感，所有人都在等一个审判结果，对阿云的审判，对司马光、王安石的审判，对新旧势力的审判，对大宋未来走向的审判。

几日后，圣上表态，"宜如安石所议便"，随后不管司马光等人如何阻挠，阿云流放边地，终究逃过一死。九月，韩琦以相使身份出判相州。

三、山雨欲来

3. 宫门风波

熙宁元年(1068)十一月,天象异常,早前多地地震,现下虽已是严冬时刻,愣是没有一片雪飘下来。夜深了,气温越发得低,竟比往年还要冷上几分。

宣德门早已下了钥,只剩下稀稀拉拉几个侍卫守着,当值的侍卫长却没了踪影。不远处的角楼上,还依稀有点点火光,这时走进来一个人,嘴里骂骂咧咧地嘟囔一句:"呀呀呸的!这鬼天气真是冷得紧!"站哨的侍卫方才还闭着眼睛打着瞌睡,这时忙把眼睛睁开,回头一看,原来是今晚当值的长官邢贵,估摸着外头太冷,是想要在这里躲懒,忙转过身去,装作没有看见,笔挺挺站着。

从角楼上望去,街道上早已没了行人,就连平日里最热闹的勾栏,也早早地关了门,天气太冷,没有人愿意出来,整个京城都隐匿在一片深不见底的黑暗之中。这时远处走来一人,披着墨色的氅子,一顶厚重的毛毡帽把脸团团围住,行色匆匆。行至宣德门口,不出意外,便被拦下,来者熟门熟路,忙把那帽子摘下,露出一张脸,本就生得黑,此时更是冻得通红,这是时任翰林学士的王安石。

"打扰了!"王安石随口一说,便直直朝左侧的披门走去,不想却被拦下,脸上不免露出一丝诧异。正欲开口,便被呵斥道:"来者何人?竟敢私闯宫门,好大的胆子!"随即便有两柄长矛架在他的颈上,冰冷的刀片透过领口的毛触到他的肌肤上,冷得他不免一哆嗦。见此阵仗,王安石不免疑惑,心想莫非今日,圣上是忘记交代

第六卷　激荡熙宁

了？忙朝左侧的掖门望去,也没有引路的公公候着,心下更是奇怪。

此时守宫门的侍卫可容不得他再多想,私闯宫门是死罪,事关重大,可不是他们能够担待的,忙死死地将王安石架住,等待上头的发落。那厢角楼上的邢贵刚有些睡着,便被来人急急叫醒,正欲大骂,一听有人私闯宫门,瞬间清醒过来,一个激灵从地上爬起,跑下角楼去。待他气喘吁吁跑至宣德门外,便看见来人早已被制服,此时正被擒在地上跪着。他一看情况已经得到控制,心便渐渐放松,刚才美梦被扰的火气蹿上来,便要发作。又见来人气度不凡,衣着也不似平民人家,身犯重罪,神情却没有一丝慌乱,心中一时没了底,只得瞪着王安石,暗自揣度此事是否要通报。

"敢问先生是什么人？可有通行的凭证？"邢贵一时摸不准来人的身份,只得小心翼翼问道。

王安石闻言,真真是为难,圣上交代过,每次的密见不要让任何人知道,谁知今日出了这种变故,话跑到嘴边,却只得狠狠咽下。

邢贵见王安石这般沉默不语,一颗悬着的心便渐渐放下,看来并不是什么大人物,脚步便轻狂了起来,三两步走到王安石面前,用两根指头捏着他的下巴,阴阳怪气地说道:"你可知,私闯宫门是死罪？"

王安石见状,心中不免暗暗叫苦,又不能多说什么,只得紧闭嘴巴默默跪着,心里暗暗祈祷着圣上能快点遣人过来。邢贵见状,心下更加猖狂起来,原是来找死的,他正愁着这大冷天的漫漫长夜难以熬过去,现下来了乐子,自然要好生折磨一番再去通报。既然

三、山雨欲来

这么想定,邢贵也不急,竟叫了后头一个小兵弓身趴在地上,自己坐在上头,一把抢过王安石手中的毛毡帽子戴在头上,左右正了正,甚是得意。

王安石见邢贵颇有一种看戏的姿态,自知此事还没完,只得跪着,深夜里的地像千年寒冰,冷气从他的膝盖一丝丝地钻进他的身体。他的帽子被抢走,仅系着薄薄的头巾,风从头顶刮过,犹如一盆带着冰碴的水浇下来,冻得他瑟瑟发抖。他见掖门那儿依旧没什么动静,心中更是凉了一大截,看来这夜他是躲不过了。

自从他服完母丧回京以来,幸得圣上的赏识,一番改革的构想方有一丝实现的希望。四月起第一次觐见至今,每十日的密会,让他和圣上更加心神相通,心中甚至已经出现了一幅未来的蓝图,这让他敢于面对任何险阻。当然,从他回到京城的第一天起,抵制便已经开始了。他服丧的三年里,在先帝一朝,韩琦、司马光的势力日益强盛,此次回京,韩琦虽已辞相,但他的势力还在京城盘根错节。早前的好友司马光,却不肯让好不容易得到的权力失了去,越发强势起来,就两人今日在朝廷上的地位,可谓针锋相对,愈行愈远,渐渐到了水火不容的地步。他们二人的宅子虽是隔壁,却早已没了多年前的和睦,宅墙深锁,别说两家人之间没了走动,就连宅子内的下人外出置办些东西也是分道扬镳,甚至颇有些敌对的意思。王安石对司马光的态度倒没什么太大的变化,无奈后院里的婆子们嘴碎,最爱干些挑拨离间的事情。渐渐地,这两家的下人之间,倒是多了些针锋相对的意思,致使坊间甚至还生出些不和的言说,传到两家大人耳中,按王安石的性子,自是不屑,可到了司马光

第六卷 激荡熙宁

那儿,却是硬生生憋出一肚子闷气,更暗暗与王安石生出些嫌隙来。加之朝堂上圣上对王安石日益倚重,使得司马光对王安石越发有意见。

这世上再密的墙,也免不住透出一丝风来,王安石每隔十日的深夜外出,虽做得隐秘,却还是被司马光得知,他心中不免疑惑,便偷偷派人跟了去,不料这一路追踪王安石却追到了宫门口。消息传到司马光那里,他也不免震惊,虽说圣上此次召王安石进京的目的再明显不过,却不料两人之间的关系已经如此密切。无奈他司马光虽在前朝朋党众多,权势日益强盛,在后宫,却是无一人相识。在这几个月的焦虑之下,他不得不为自己谋条出路,和韩琦搭上了线。韩琦作为三朝元老,颇得太皇太后曹氏的敬重,尤其在仁宗驾崩、英宗继位的关口,可谓是劳苦功高。

太皇太后曹氏久居后宫,年事已高,自是不喜改革动荡,且这后宫和民间的关系却又暧昧,商人虽为世人所不耻,但再高的心性都不如人家手上的真金白银来得硬,致使高官背地里多与民间大贾勾结。再往上走,便演变成后宫贵人们的一条财路,略施权力予人方便的事情不在少数,结果便是本该流入国库的银子,都一股脑儿涌进了贵人们的口袋。偏这后宫与前朝的关系错综复杂,诸如此类的事情虽人人相知,却也缄默不语,就连当今圣上也不敢轻举妄动。

但时至今日,国库亏空已到了山穷水尽的地步,就连先帝的葬礼也只能草草了事,可见朝堂上的当务之急便是生财。司马光等人虽为朝廷栋梁,在此事之上,却是处境尴尬,虽然心知要尽快使

三、山雨欲来

国库充盈,想出的法子却进展缓慢。进展越慢,众人心中便越是焦急,生怕走到最后一步会拿自己开刀。在这种形势下,圣上召王安石进京,便变得有些敏感起来。

一时间,朝堂上开始默默分起了党派,以司马光为首的传统士族自是各自抱团,其余的科考新贵南人团体则盼着搭上改革的顺风车平步青云。而在后宫,常年获利的太皇太后曹氏众人,自是不满王安石。太后高氏作为太皇太后曹氏的侄女,更是唯她马首是瞻,而圣上的宠妃朱德妃因出身不高,自然投圣上所好,支持改革,偏向王安石。无奈王安石无感于后宫争斗,不予回应,她只得转过头来,默默与吕惠卿搭上了关系。

自司马光与韩琦搭上线以来,依靠韩琦在王家的眼线,对于王安石的踪迹更加了如指掌。王安石秘密入宫这件事犹如一把利剑,日日悬在司马光的头上,王安石与圣上的关系越亲密,对于他们来说,则越是不安,眼看着改革之势就快水到渠成了,迫使他不得不提前作出反击。就拿王安石密见圣上这件事来说,可谓一把双刃剑,虽说此举使王安石与圣上日益亲密,但密见终归无法得见天日,且在宫门下钥之后入宫是为死罪,若要打击王安石,必得在这上头做文章。

夜深人静之时,王安石在夜色的掩护下悄无声息地出了门,同时王宅的后院里扑棱出一只灰鸽子,虽闹出些动静来,但没有谁注意到,除了一墙之隔的司马光。他听着鸽子扇动翅膀的声音,心情却很复杂,一方面希望计划成功,另一方面又念及与王安石的交情,心下多有不忍。可无奈人在这世上,总有太多的身

第六卷 激荡熙宁

不由己,早已过了血气方刚的年岁,这几年来的纷争教会他如履薄冰的为官之道,利益的冲突致使他和王安石就算再志同道合,也终究处在对立面上,今日若是事成,他也不后悔,箭在弦上,不得不发。

且说当日夜晚,太皇太后曹氏突然称病,急召圣上侍疾,待圣上入殿,便当即屏退众人,只留圣上一人,迟迟不肯放他回去。眼看约定的时辰就要到了,圣上却还未出来,贴身内侍福公公只得在门口干着急,又无法进去禀明圣上,只一心盼望着宫门外的王安石切莫出些什么意外才好。这时只见远处火光攒动,兵甲之声铮铮入耳,他心中大感不妙,无奈太皇太后不适,他一个奴才,绝无进去叨扰的资格,只得忙遣了身后的小徒弟跑到远处看看出了什么事,希望能将御林军拖住些时间,一边急急祈求圣上快些出来。

时间一分一秒地过去,宝慈殿的殿门却丝毫没有一丝要打开的意思,小徒弟这时慌慌忙忙地跑来,说是有人私闯宫门,当值的侍卫长官正带着人马过去了。福公公一听,心便凉了一半,看来王安石的这个罪名是担定了。正在此时,只见殿门打开,圣上从里头急步而出,不等福公公开口,脸上已是了然的神情,忙大步往前而去,身后的福公公众人,只得小跑跟着。行至御花园,却见圣上突然停下,口中说道:"来不及了!"忽地又叫道,"快去叫御林军来,就说朕在此处遭了刺客。"福公公闻言,瞬间了然,忙带着小徒弟一路狂奔而去。所幸在逼近宫门之处拦下了御林军,待福公公禀明来意后,急急带着一众人马"救驾"而去,而此时,走在队伍末尾的小徒弟却偷偷往宫门跑去。

三、山雨欲来

王安石还跪在宫门外,膝盖早已被地上的寒气冻麻了,一颗心也随着时间的推移渐渐凉去。他看着眼前跋扈的邢贵,看着左手边紧闭的掖门,依稀看到远方火光点点,兵甲铮铮,他知道,今夜他难逃罪责,心中虽有不甘,却只得绝望地闭上眼睛。

可好一会儿也没什么动静,他又睁开眼来,却见掖门打开一条缝,有个小公公从里头出来,急急跑向他,行至他面前,忙将他扶起,同时呵斥邢贵道:"你好大的胆子,竟敢将王大人扣压在此!"

邢贵一听,自是不服,不知来者是哪儿的公公,年纪轻轻,口气却不小,当下便顶撞道:"此人私闯宫门,我自有扣押他的职责。"却不料小公公掏出一块宫牌,他定睛一看,竟是福宁殿的宫牌,当下跪倒在地,口中叫着:"小的有眼不识泰山,公公恕罪,公公恕罪……"

小公公这时拿出一枚玉佩交予王安石,说道:"圣上见大人今日将祖传玉佩落在宫内,知此物对大人意义非凡,怕大人担心,特地急召大人入宫来取,委屈大人了。"王安石一听,自知已经得救,忙顺着话感恩戴德一番,随即接过玉佩,好生道别之后,也不顾麻木的双腿,一瘸一拐地向宅子走去。小公公望着他安全离去的背影,心中长舒一口气,他看向跪在地上抖得如筛糠般的邢贵,厉声喝道:"今夜之事,如有一个字走漏出去,小心你们的脑袋!"随后也急急离去。

这时好不容易止住的雪又开始簌簌落下,落得如此密,如此急,待王安石回到家,早已冻得如雪人一般。吴氏忙起身唤人来为他梳洗,而别院里的云娘,此时看着主院里亮起的火光,心下不免失望。计划失败了,她何时才能回到李之昂身边呢?这时身旁的女娃突然翻身过来握住她的手指,她看着清水枕边放着的香包,想起白日里和王安石两个女儿一起做女红的时光,心下又不免生出一丝愧疚,只得摸摸清水的头发,命令自己不要多想赶紧睡去。王安石此时在热水的浸泡下总算有了一丝暖意,躺在床上,看着吴氏忙前忙后的身影,看着她为自己紧紧掖好被角,又想起今日种种,忙握住妻子的手,动容地说道:"开始了,一切都开始了!"

窗外的雪还在一刻不停地下着,天已经蒙蒙亮,此时天际却忽地出现一道白光,犹如一道长虹贯穿而过。这等异象,在王安石眼中,在彻夜未眠的司马光眼中,在早起更衣的圣上眼中,意味非同寻常。他们知道,一个新的时代,就要来临。

四、帷幕拉开

1. 暗流汹涌

自那日王安石从宫门外回来之后,王府便没有一刻不处在一种紧张戒备的状态,门房的人总是不停在通报,然后一个又一个官员行色匆匆地走来,一猛子扎进王安石的书房,半晌才又急急忙忙地出去。他们的脸上,有不安,有焦虑,更多的是一种蠢蠢欲动的欣喜和渴望,而一墙之隔的司马光府上,也是同样的场景。最为微妙的是,这两府平日虽繁忙,却从不曾有交集,从这两扇门中进出的人流仿佛如水和油一般,不会彼此交融。越接近年关,除了一如既往的漠视之外,越发有一种剑拔弩张的势头。当日的宫门风波让王安石意识到走漏消息的风险,这世上本就没有密不透风的墙,更何况敌人就在身旁。

敌人,王安石从不想这么称呼司马光,他们曾经是志同道合的朋友,是惺惺相惜的知己。他还记得那日和韩琦争执的时候,是司马光毅然决然地站在他这边,陪他蹚出冰冷刺骨的溪水,没有问话,更没有责怪,只是默默地让他靠着号啕大哭。他以为司马光是不一样的,就算他的出身不能改变,但他也绝非那样的士族公子,谁承想今日,二人却渐渐走向两极。

那夜从宫门回来之后,王安石想了很多,改革之风盛行,随着圣上对自己愈发亲近,注定他的敌人将会越来越多。那日的陷害,无数人有害他的动机,但事情这样隐秘,究竟谁有最大的嫌疑,他不敢想,他还想为自己保留最后一份私心。但随着司马光府上日益密集的人流,他的担心,正渐渐变成现实。

熙宁二年(1069)正旦,王府。

天刚蒙蒙亮,王府上下便开始忙碌起来,今天是一年里的头一天,是最隆重盛大的年节,一些礼数须做到位。

后厨是最忙碌的,婆子们早早便准备起来,屠苏酒和术汤在锅里暖着,热烟袅袅,案上码着一排一排的年馎饦,瓷盘里垒着各式瓜果蜜饯,等着一会儿摆放到巷子里去。随着管家王贵的通报,知是主子们已经起来,婆子们忙唤了丫鬟们将这年菜端上桌去。

后院的厢房里,这时最是热闹,王安石的小女儿王菀之请了安后便要到云娘这边来用早膳,一年前王雱中了进士后便到旌德上任,之后大姐又出嫁到吴家去,这府上便只剩了她。父亲整日忙碌,母亲虽慈爱,终是要管着她的,加之现下她已十四光景,年后就要及笄,母亲整日在她耳边唠叨,要她修身养性,安心待嫁。无奈她本就是活泼好动的女孩,又因是家中幼女平日里最得宠爱,便常常寻了由头到后院里躲懒。云娘虽是她名义上的长辈,两人年纪却差不多,再加上云娘这边还住着王令的遗孀和清水,三个小姑娘

四、帷幕拉开

便总爱在一起说话打闹。

热腾腾的年馎饦端上桌来,甜甜糯糯的口感最是得小姑娘的青睐,清水忙嚷着:"这么好吃的东西,我要给汀时哥哥送去!"说着便要爬下桌去,吴姨忙伸手去捞她,清水如今已经长成九岁的少女,府里众人都因着她的身世对她百般宽容,所以她拥有一个非常幸福的童年,造就了这纯真爽直的性子。她最喜欢跟着汀时,从小便在他屁股后面转,甚至多次扬言长大后非汀时不嫁,众人也只当她是童言无忌。

汀时自小喜欢二小姐,这事在他们小辈人的眼里早已不是什么秘密。虽身份悬殊,但王雱和汀时亲如兄弟,自是站在他这一边。可大小姐却始终保留看法,毕竟汀时的身世她比妹妹清楚,也明白母亲对于汀时的想法。母亲虽不是善妒之人,也绝不会将女儿早夭一事移祸汀时,但终归膈应。在王家的三个儿女中,她不比哥哥天资卓越,也不比妹妹聪颖,但她是最理智的那个,所以在婚姻大事上,她非常明智地选择听从父母之言,嫁给父亲好友吴充的儿子。她清楚地知道,从古至今,官家女子的婚姻从来不是两情相悦就可以的,她知道父亲的处境,知道他们一家即将面对的挑战和危险,所以在吴家的帖子送上门的那一刻,她便主动答应了下来,省去了父母的纠结。父亲从不会将儿女婚姻看作政治的筹码,所以之前王雱因为自己的喜爱娶了同县的庞氏,但她却心甘情愿地选择用政治立场和利益维系住自己的婚姻,这是她对父亲最大的帮助。出嫁前夜,她和妹妹彻夜深谈,而从那之后,二小姐便一次也没有主动找过汀时。

第六卷　激荡熙宁

王菀之心里早就明白汀时对自己的心意,但睿智如她,也不是不知道这中间的阻碍。她不像清水,可以完全顺从心意地去做一件事情。她虽得宠爱,却无法骄纵,这就意味着她不能执着地罔顾母亲的心结、父亲的为难,而奔向汀时。当然她对汀时确是无法抗拒的,也许没有一个女孩子可以抗拒这样一个清淡如兰的男子。现如今的汀时,早已长成温润如玉的翩翩公子,由于童年的变故,让他对待他人总有一种戒备和疏远,当然亲近之人不同,尤其是对王菀之,他这座冰山就会春暖花开,他有专属于王菀之的温柔和情意,只此一份,在王菀之眼里,更是甜蜜。虽然自己的担忧和姐姐的告诫言犹在耳,但随着年纪的增长,她在男女之情上便更没了懵懂,愈发大胆起来。虽说姐姐出嫁之后的数月,她一次都没有主动找过汀时,但总有碰面的机会,也许没能说上话,但两人眼中的婉转流情,却依旧炙热。她想他,没有一刻不想,这种思念疯狂地蔓延,三番五次冲破她的理智,让她想要义无反顾地投入他的怀抱,但是,她终究没有。所以在她听到清水要去找汀时的那一刻,她的感受是复杂的,她既按捺不住内心的欣喜,但同时也有着求而不得的纠结和拼尽全力的克制,所以她只得垂下眼眸专注于自己眼前的这碗年馎饦,有一下没一下地捣着。

云娘自是知道王菀之和汀时之间的过往,当下见她一味沉默,便知汀时此刻不宜出现,忙哄清水道:"清水乖,汀时哥哥在老爷那边也吃这年馎饦呢。清水不是喜欢吃吗,那就多吃点。来,坐到云娘这边来。"

无奈清水只是一味打闹,嘴里喊着叫着要汀时哥哥来。谁料

四、帷幕拉开

她人小机敏,趁着云娘要来抱她的空档,一溜烟钻下榻就往前院跑。

汀时自小便是王雱的伴读,但王雱一年前离京上任,却硬是把他留了下来。当然这其中有撮合他和妹妹的意思,更多的是对父亲的担忧,他深知此次父亲回京并不简单,早已敏感地察觉这京城里早就暗流涌动,将要变天了。作为儿子,他最知道父亲的性子,父亲不屑于官场权力之争,但别人不会放过他,那些在官场中摸爬滚打许久的老狐狸,会用最肮脏龌龊的手法打压扫荡一切危害他们地位的人,父亲固执坦荡,但绝不是他们的对手。

虽说这几年得益于吕惠卿跟在父亲身边,多次提醒父亲,让父亲躲过很多陷害,但王雱对吕惠卿,却如何都信任不起来。在父亲的眼里,吕惠卿是他最得力的助手,但这让王雱感到害怕。他无法忽视吕惠卿在说起改革变法时目光炯炯的背后涌出的野心和欲望,无法忽视他一次次敏锐察觉到阴谋背后的精明,更无法忽视他一次次劝父亲一定要招纳贤士的做法。父亲从不爱结党,但近年来,不管是主动或被动,父亲身边的人还是一个个多了起来,王雱内心虽认可这种做法,也为这种形势感到欣喜,毕竟早年兴修水利的失败,让他深刻明白,在宋朝庞大的官僚系统之下,单靠自己的力量是一件多么可笑的事情;但看着父亲对吕惠卿日益增加的信任,他却由衷地感到不安,他不知道吕惠卿身上这种对于政治手段的敏感和对于权力的野心,最终会不会变成他无法控制的反骨,在一定时候与父亲对立。

他曾与父亲多次探讨此人,知道父亲并未对吕惠卿言听计从,只是现下父亲正是用人之际,对一个人能力的需要暂时大过对他人品的考量,毕竟他们所要对抗的,是根深蒂固的旧形势旧法度,是多少年屹立不倒的官僚系统,这使得他们不得不迅速招纳贤士组成一支精锐的队伍。王安石眼下需要的是战友,却并非朋友,战友和朋友的区别就在于,只要立场相同、利益相同,他们便可以一致对外。王雱知道父亲并非愚钝之人,不会轻易被小人遮蔽双眼,但他依旧不放心,所以他把汀时留了下来。他知道汀时对父亲的忠诚,也明白父亲对待汀时的不同,只希望自己不在父亲身边的几年里,不要有太大的变故发生。

此时的汀时,早已成了王安石的贴身侍从,但终归不是一般下人,他现在正和王安石与吴氏一起在前院用早膳。三人的饭桌上,气氛总是沉默,吴氏虽不苛待他,对他却很冷淡,相比之下,王安石对他是上心的。也许一直怀着对他姐姐的愧疚,王安石对汀时的教育和王雱如出一辙,只是汀时自幼便对武术有着不一样的热衷,他体格瘦弱本没有习武的天赋,但他从七岁至今,不论风雨,愣是没有一天落下练功,终归因为勤奋小有所成。

"雱儿来信了,说是庞氏年前诞下了个男孩儿,现在已经满月了。"王安石忍受不了这种沉默,开口说道。

"是吗?这真是件喜事,可惜我不在他身边,不然真该和他好好庆祝一下。"汀时是发自内心的高兴,他和王雱,兄弟情深。

"是啊,汀时,你俩自小一起长大,如今你也该成家了。你现在可有心仪的姑娘?我一定为你做主!"王安石真切地问道。

汀时听闻此言,吓了一跳,知道老爷对自己真心实意,对女儿

四、帷幕拉开

更是慈爱非常,自己虽是这样的身份,但老爷绝非封建之人,如果说了,会不会得到老爷的支持?他知道王菀之也是喜欢自己的,但总是碍于种种不可多说,而他作为男人,本该勇敢些。

于是他鼓足勇气,突然起身跪下,两手相叉,朝着老爷夫人便行了大礼,道:"我心中确实有心仪的女子,还望老爷夫人成全。"

这一举动让吴氏心惊肉跳,她是菀之的母亲,自己女儿的心思,她非常清楚。她不是不喜欢汀时,甚至她愿意待他如王雱一般,寻一门和王府门当户对的婚事,让他以少爷的规格娶亲,但菀之不行。她还记得那个雨夜,那个早夭的女儿,汀时虽无辜,但她作为母亲,也有着自己的愧疚和心结,谁都可以,菀之不行,所以赶在汀时说出那个名字之前,她便急急打断了他。

"汀时,现在家里就剩下你和菀之,你俩从小感情就要好,前几日我还和菀之说起她的婚事,她愣是说要等你成亲了再说。菀之年纪也不小了,还是这般胡闹,我也拿她没办法。这下好了,你有了心仪的女子,也算了却我一桩心事,等忙完了你的事,菀之也该出嫁了。老爷,这几月我倒是收到不少帖子,等着这阵子过去,我们再好好为女儿挑挑。"

王安石并非薄情之人,对子女平日里也甚是关怀,但心中装的更多的是天下大事,对后院的儿女私情却是一概不知,听夫人如此说,只觉得十分在理。加之今日是正旦,难得能从数月的忙碌和愈发紧张的形势中抽身出来,有闲心坐下来同家人吃饭。多日里对家人的忽视让他颇感歉疚,在这个话题上不免又多了一些热心。现下听吴氏这么说,便来了兴致,忙答应下来,又转身过去急急想

第六卷　激荡熙宁

要追问汀时看上了哪家姑娘。汀时此时跪在地上,心却凉了一半,刚才,就差一点点,菀之的名字就要脱口而出了,但夫人那番话,她有意无意的打断,都如一盆冷水,将他的冲动瞬间浇灭。

他自小便是敏感之人,王家众人对他也皆是真心,但终究是寄人篱下,而夫人或多或少对他有一种不可言说的冷淡和距离。他深切知道,他和菀之两人之间最大的阻碍,便是这份母女亲情了。他爱菀之,但绝不会让她为难,所以在夫人开口的那一瞬,他便放弃了自私的念头,只是老爷突发的热心和追问让他一时间想不出其他搪塞的借口,只得无言跪着,拼命想着能够转移话题的借口。

"汀时哥哥,汀时哥哥……"清水的呼喊成了此时他的救命稻草,一下子把他从局促尴尬中解救出来。他松了一口气,一抬头,便看到清水如同一只敏捷的小兔扑进他怀里。他忙接住她,同时宠溺地摸了摸她的头。清水自小就是他的小尾巴,他也把她看作亲妹妹,虽说现在她已经不是小孩子了,但对于她对自己这些分外亲昵的举动,他也没多想,只是看在别人眼里,却未必如此。

"清水,过来姨这里。男女有别,你是小姑娘了,不能再和汀时哥哥那么样闹,你是有教养的小姐,得懂些规矩。"吴氏嘴里这么说,语气中却并未真正动怒,她对清水,最为怜爱。当初将妹妹嫁给王令,是她做的主,谁承想王令早逝,留下妹妹和肚子里的清水,她自是愧疚非常。所幸清水在众人宠爱中长大,倒没有受到太大的伤害,平日里活泼胡闹些,便也随她去了。

清水闻言,也不从汀时怀里起来,只是仰起小脸撒娇道:"姨,我知道我知道,我就是想你们了,想着今天正旦一定过来请个安,

四、帷幕拉开

而且,我今天吃到好好吃的年馎饦,我想让汀时哥哥去我那里一起吃。"说着便站起来,有模有样地福身唱喏,逗得王安石和吴氏直笑,然后趁着气氛融洽,拽着汀时就往院外跑。汀时本就想快快离开这个地方,便顺势和清水一起走了。

王安石经她一逗弄,心情也大好,想到她这古灵精怪的样子,便和吴氏打趣道:"这样的小女子,真不知道以后谁能制住她。"吴氏闻言,只是舀了一勺年馎饦送进嘴里细细嚼着,漫不经心地说道:"我看她对汀时倒是上心。"

吴氏一句话,王安石不免若有所思。这时管家王贵急急走来,手上拎着一只红木漆盒,问安后便将盒子呈给王安石,同时捧了一封请帖,说是隔壁府上送来的。

原本正旦期间串门走访,互赠些年菜最是平常,依着司马光和王安石的交情,往年这个时候两府之间的走动甚是密切,但今非昔比。两月之前那次变故,虽没有证据指向司马光,但他却有着最大的嫌疑,王安石虽然不想承认,但也无法一直自欺欺人。加上吕惠卿在这种事情上,总是比他更加理智清醒,平日里在他耳边分析了不少,也提示了不少。这几月来,两府内的忙碌王安石看在眼里,他明白这是两方人马在做最后的准备,大战即将来临,只是不知何时何地会打响第一炮。

这个时候,司马光送来这封请帖是何用意,王安石暂时摸不透,是试探?是发难?还是说,这是友情的诀别?去还是不去,王安石需要仔细考虑一下。

为难思虑之时,吕惠卿走进屋来,见桌上还摆着碗,知是大家还在用膳,忙止了步,说了声"叨扰了!"这几月,他成了王府的常客,进出王府,犹如自家那般自在。吴氏见他来,知道他俩又要说些正事,她一个妇道人家不宜久留,便福身告退。走出正厅,她便听到后院传来阵阵笑声,她回忆起刚才汀时跪在地上惊险的一幕,眉头微微一皱,又想起清水对汀时不同寻常的亲昵,心下有了考量,便侧身对边上的侍女道:"一会儿去厢房请吴姨过来,就说我有事要和她商量。"

过了最忙碌的早膳,王府上下渐渐清静下来,但那两间门窗紧闭的房间,却久久没有打开门来,没有人知道他们说了什么,但所有人都知道,这府内府外,早已暗流涌动了……

2. 兄弟情断

对着司马光送来的那一封请柬,王安石想了很久,和吕惠卿反复商量之后,决定还是赴约。用过午膳,两人便往隔壁府上行去。王安石和司马光本就是邻居,所以出门左拐没走几步,便到了司马光的府邸。

王安石记不清有多少次来过这儿了,曾几何时,他也如今天的吕惠卿出入王府一般,进出司马府如自家般自在。可谁料此次回京,却是与往昔不同了,所以他刚打起双腿前的衣摆想要迈步,却还是放了下来,恭敬地站在门口,递上帖子,劳烦下人进去通报。

"王大人,我家老爷有请。"管家从内宅中走出来,毕恭毕敬地说道。王安石和吕惠卿闻言,便欣然步入府内,谁料还未行两步便被拦下,管家抢先一步横在吕惠卿面前,婉言阻拦道:"这位贵人似

四、帷幕拉开

不在老爷的帖子上,还请留步。"

吕惠卿虽说如今官位不高,但因为王安石的关系,也是京城里数一数二的抢手人物,哪里受过这样的冷落,当即脸上便挂不大住。正要发作,王安石忙转身对管家解释道:"这是吕大人,我的朋友,今日前来,确实有要事欲同你家老爷相商。"

管家闻言,却是波澜不惊,想是早前司马光吩咐了什么,只一味冷冷说道:"老爷说了,今日私宴,只请王大人一人,正旦里不谈公事,若有要事相商,烦请这位大人择日再登门拜访。"说着便转身欲引王安石往府内去。

王安石见状,也只得无奈先遣吕惠卿回自己府内,跟着管家走了进去。司马光府上布局和从前还是一个模样,只是细节之处愈发精致。韩琦罢官离京,他成了北方贵族子弟们聚会的新中心,这府宅之内的贵气倒也符合他如今的地位,但王安石内心,却也不免闪过一丝落寞,果然他还是变了。脚步跟着管家七转八转,便到了司马光府上的别苑,管家便先行告退。王安石只身一人站在门口,却迟迟没有迈出脚。

"王丈,还傻傻站在外头做什么,快进来吧,茶汤都给你备上了。"司马光亲昵地对外头喊道。在王安石听来,却恍如隔世。时光一瞬间倒转到若干年前,他俩是那样无话不谈的知己,都是年轻气盛、意气风发的年纪,整日高谈阔论,品茗喝酒,下棋作诗。他还记得司马光那时对自己的支持和信任,记得他对自己儿女发白真心的关怀,记得他俩在一些问题上因政见不同而争吵,事后又相拥而笑。此时听到他这样熟悉的语气,王安石心中不免也暖了几分,也许他们真没到他想的那一步。

"司马十二丈,别来无恙啊。"王安石故作轻松地说道,说着便叉手行了一礼。司马光见状,忙站起身来还了一礼,然后疾步向前,给了王安石一个老友间久别重逢的热情拥抱,之后又玩笑般地在他肩上捶了一拳,说道:"还真是许久不见了啊。"

司马光待人处世比王安石圆滑得多,有时候对待一件事,就算两人抱着一样的拒绝态度,拒绝方式也是不同的。王安石是斩钉截铁毫无转圜余地的拒绝,而司马光的拒绝里,总是透露着百分之一的可能。这便注定了在这个纷乱复杂的官场,后者更加游刃有余。在京多年,司马光早已熟悉了为官之道,而且近一年来借着韩琦给他的暗中帮助,愈发得心应手起来。对待不同的人,说不同的话,这样的事情他做过不少,只是对王安石,他多少还是不同的。如果说到了水火不容的地步,那他会毫不犹豫向他开炮,但是在内心深处,他的确不愿意两人走到针锋相对的地步。他发自内心地欣赏王安石,甚至在改革这件事情上,他是支持的,只是他有更多的东西需要维系,他做不到像王安石那般心无旁骛、毫无私心。

他有属于他的传统和制度,也有他的无可奈何,所以在他手上的改革,注定不会是王安石所期许的那样。但随着近年来皇帝对王安石的愈发倚重,使他渐渐不安起来,数月来他每日都在和身边人商量对策,他们凭借着自己盘根错节的关系网,早在很多地方都布下了力量和眼线。虽说王安石府上也在紧锣密鼓地筹备着,但司马光打心底里觉得,若是真正对立起来,他俩根本就不是势均力敌的,王安石拥有的亲信太少,仅仅是圣心罢了。圣心虽至关重

四、帷幕拉开

要,但大宋立国以来,就算是皇帝,也无法真正做到随心所欲,何况当今圣上还是个二十岁出头的青年,他要忌惮的东西,只会更多。

每日总有不计其数的人在司马光耳边叫嚣着,每日都在策划如何打击这帮不自量力的新秀,但他心底,对王安石总是保留着最后一分的仁慈。但李之昂呈上的密报中,王安石和圣上私下会面的次数越来越多,司马光知道,已经到了剑拔弩张不得不采取行动的时候了。韩琦多次修书过来催促他开始行动,并且声称自己早已在后宫布好了眼线,只要司马光扳动这场战役的开关,一切的一切,都会开始运作。年前那次宫门的陷害,在他人眼中,是司马光的宣战,但其实在司马光心里,这仅仅是一次试水,他在试探自己目前究竟有多大的力量,同时,他也在衡量,若是开战,王安石会受到怎样的伤害,毕竟他们二人只是政见不同,私交上却完全没有一点问题。他司马光虽对权力有着自己的野心,但绝不是好用阴谋之人,对待王安石,他仅仅只想保住自己的利益,绝无伤害他的意思,尤其是危及他的性命。

万事无两全,宫门的那次陷害,司马光虽然得知了自己背后有太皇太后曹氏的支持,但毕竟最后是圣上保了王安石,这就说明了圣上和王安石的关系,比他们想象的要紧密得多,而圣上对待改革的看法,势必就是倾向王安石的。再这样下去,不仅自己这边所有人的利益会受到伤害,甚至地位也会受到威胁,所以王安石和他,终究只会走向对立的两端。近几个月来王安石府内来来往往的人群他都看在眼里,他自己府上,也是如此。他知道,这是两方人马在做着最后的准备,大战即将拉开帷幕,虽说他万般不愿,但也只能如此。他这边的人物个个都是狠角色,若是真斗起来,形势将不再是他所能掌控的,那么王安石所代表的南人新秀,势单力薄,绝对不是自己的对手,所以他出于私心请王安石过来,希望能说服他。

王安石听闻司马光这声似嗔似怒的抱怨,心绪复杂,他已经四十多岁,混迹官场二十载,早已看惯了虚假客套,但他无法忽视司马光话语中的那份真心,这令他想起他俩今日的处境,更是不胜悲伤,只得回话道:"是啊,这段时间我们都太忙了。"

忙,一个字,道尽千言万语。司马光闻言,也不免有一丝尴尬,只得讪讪地请王安石入座。可毕竟他们二人之间,今非昔比了,屋内氛围也实在是令人窒息。茶碗中的汤水已经添了两回,两人也只是有一句没一句地搭话,谁都没有把话往正题上绕。这时传来一阵少女的笑声,如此爽朗,如此恣意,在这种异样的沉默中显得格外好听。寻声望去,却见得屋外庭院,一墙之隔,一只彩鞬忽上忽下,那是王安石的后院,想来是几个小家伙在嬉闹,王安石眼下掠过一丝温柔,连带着司马光也陷入了追忆。

"雱儿现下也已经二十四五岁了吧?"司马光开口问道,他对王雱,也是发自肺腑的疼爱。司马光两个孩子早夭,早年便将疼爱全部倾注在王雱身上,即使后面由兄长那儿过继了司马康,这份疼爱始终没有消失。

王安石知道他对儿子的真心,态度也不免缓和,说道:"是啊,前几日雱儿修书来,说是庞氏诞下麟儿,曾经那样小小的孩儿,现如今竟也为人父了。"

四、帷幕拉开

司马光闻言,也是不胜欣喜,忙解下腰间的玉佩递与王安石,硬说要作为贺礼,打趣般问道:"雾儿信上可曾问起我?"

王安石一听,心下不免有所慌乱。雾儿早慧,早已知道父亲和司马光之间的纠结,虽对司马光如亲人般敬重,但终是站在自家父亲这边,甚至早早便告诫父亲,若是发生变故,切莫让私情坏了大局。先前一场风波,让身在旌德的王雾得知后不免对司马光生了戒心,此次来信,更是叮嘱父亲要多加留意,却是没有一句对他的关怀问候。自己儿子的疏远让王安石此刻不免感到一丝羞愧,连带着握在手中的玉佩都越发冰冷起来,只得垂眸喝了一口茶,应付道:"自是有的,左右不过是些寻常问候罢了。"

司马光见王安石当下的局促,心下已是了然,但也没有动怒,只是更加觉得有一种时过境迁的悲怆,不免叹息道:"还记得雾儿从小便经常说,以后要和我们共立朝堂,共商国策,说是天底下最聪明的三个人在一起,肯定没有我们干不成的事,没想到这一天竟来得这么快。"

"是啊,一年前雾儿中举,上任旌德,不出几年,也会回京。眼下圣上正是用人之际,他那样的年纪,自是能有一番作为的。"王安石答道。

"你呢?你这样的年纪,就不想有所作为吗?"司马光试探道。

王安石沉默了一会,坚定答道:"自是想的,无关乎年纪,无关乎权力,只关乎天下苍生,我的确想干一番大事业,从以前到现在,从未改过。"过了半晌又说,"我的理想,你不是最清楚吗?"

司马光听至此,不胜唏嘘。他的确是最明白王安石理想的人,

第六卷 激荡熙宁

那时候他们把酒言欢,嘴里念着说着,都是自己的大志向,只是现实会一步步把大多数人的理想消磨掉,最后变得畏手畏脚,瞻前顾后。司马光就是如此,他在心怀天下的同时,有了更多的思虑和考量。

"一定要改革吗?"司马光问道,话题终于到了正题上。

"不得不改!"王安石想也不想地回答。

"一定要那样改吗?"司马光沉默半晌后,又艰难地问道。

"要!若不彻底,就不会有真正的改革。"

司马光在听到这个自己意想之中的答案时,心中还是不免一凉,但还是继续劝道:"可你知道,当今朝廷,正如一座被虫蛀的巍巍庙宇,你那样大规模的激烈改革,稍有不慎,整座大厦便会倒塌。"

"若是不及时撤走被虫蛀得最透的栋梁,换上新的,这座大厦迟早也会轰然倒塌,冒一定的风险,总好过不作为。"王安石答道。

"不是不作为,是换个方式作为,你我都是为着天下百姓好的。"司马光目光炯炯地望着王安石,企图说服他。

"换个方式?你敢说你的方式里就没有你的私心吗?"王安石质问道。

司马光沉默了,他的确是有私心的。作为传统的士大夫阶层,在宋朝的体系中他们已经形成了属于自己的一套利益和特权系统。当今朝廷最迫在眉睫的问题,无外乎经济,不管是早前先帝的丧葬草草而办,还是圣上在即位后便急急召见诸臣讨论国库亏空的问题,都注定了当今圣上所要的改革,必将从经济入手。

四、帷幕拉开

不仅如此,后宫贵人也不乏与民间巨贾之间有暗地里的勾结,加之后宫贵人多出自这些贵族,这使得他们在这件事上,坐在了同一条船上,一方面不希望事情败露拿自己开刀,另一方面更是不愿意失了这条源源不断的财路。既然改革已是定局,所以他们便想要尽可能地选择自己阵营里的人作为改革的主导者,司马光便被推向前台。虽说司马光并不是贪恋财富之人,也没有利用自己的权力牟利,但他终归是体制内的人物,承受着祖宗长辈的压力,更有显赫家族的制约,这让他在改革上不免有了更多的无奈,在王安石看来,这便是他的私心了。

王安石看到司马光的沉默,不禁失望,只得叹道:"所以你我,终不是一路人。"

司马光听到这句话,心中一痛,但还是不甘心地道:"你可知,你会受到多大的阻碍,你可知,我们会有一千一万种办法让你无法成功。"

王安石只是不在乎地一笑,道:"知道,但我不会退缩!"说着他突然想起之前宫门风波的疑点和自己内心最不想承认的怀疑,直视司马光,"我只想知道,你是否也会成为我的阻碍,你是不是也会不计一切阻止我,甚至要我死?"说完这句话,他突然心中没来由地一紧,只得暗暗低下头,拨弄手中玉佩的红缨,等着司马光的回答。

"会。"虽然声音很轻,但司马光还是说了这句话,王安石早就知道他会如此回答,只是亲耳听到时,心还是钻心的疼。多日里的自欺欺人在此刻成了一个最大的笑话,让他觉得自己这么多年,真是错付了真心,两眼一热就要落泪,只得生生噙住。但他终究是太

第六卷 激荡熙宁

在乎这段情谊了,所以他需要一个更肯定的答案,来了断彼此,他怆然一笑,戚戚然问道:"宫门的那次陷害,是不是你做的?"

而这一次,他没有听到司马光的回答,在他望向司马光的时候,他看到的是一个涕泪纵横的人,这是他曾经最好的朋友,看来以后都不会再是了。他们曾经美好的过往在这哭泣中消耗殆尽,从今往后,他们只会是敌人了。

王安石不忍再看,忙转过身,仓皇而逃,只留下司马光一人呆坐在榻上。他望着王安石离去的背影,心中竟有一丝释然。是啊,总算理清楚了,他也可以下定决心了。他端起茶盏,将今日尤为苦涩的茶水一饮而尽。

王安石跌跌撞撞回到府上,吕惠卿便急急迎上来,见他这般景象,忙问发生了什么。王安石心力交瘁,无心多说,只是喃喃道:"一切都结束了,一切都开始了。"

吕惠卿心下了然,不禁劝道:"王丈,现下正是最需要你的时候,你不能倒下,你要振作,你想想圣上,想想天下,想想百姓,莫要让一己私情坏了大事。"

王安石闻言,强打精神,定了定心,又恢复了往日理智冷静的模样,召来管家王贵说道:"把早前要你找的新住处的图纸拿来给我挑挑,这地方是不能再住了。还有,府上不干净,这几日查一查,把那几个内奸捉出来!"

消息传到后院,众人未免震惊,但这样的结果,早早也就料到。毕竟这几个月来的气氛,他们就算再迟钝,也知道山雨欲来了,当下也不再有玩耍的性子,便要散了去。只是云娘此时的慌乱和落奚落在汀时眼里,却有一丝别的意味。他还记得那夜老爷出门之后他坐在房顶追忆姐姐时那只从后院里扑棱飞出的鸽子,他知道云娘在后院养了好些鸟禽,这让他不免多了一个心眼。云娘的身上,究竟藏着怎样的秘密,他要查清楚。

正月初十,王安石举家搬往白水门的新府邸,坐在牛车上,他看着身后越来越小的老宅,在默默告别,告别一位老友,告别一段情谊,告别一个旧的时代……

3. 元宵廷争

正月里总是异常繁忙,一个节日接着一个节日,一场盛事接着一场盛事,自王安石搬家以来,最为繁忙的几天已经过去,转眼便来到上元节。因为先前的事,王安石这几日皆是郁郁的,连带着王府上下的气氛也很沉闷,经过前几天的休整,搬家的一切事宜已经初步打点妥善。恰逢元宵,吴氏一早便吩咐下去说要好好办办,也给这新宅子添点喜气。所以天才刚亮,王家的下人便挂起灯来。

元宵的京城,比之正旦,更多了一丝节日的气氛。上元节自太祖时起,便因"朝廷无事,区宇咸宁",加之"年古屡丰",又再增了十七、十八两日举行庆祝。节日期间,京城的百姓皆成群结队集聚在御街游乐,两廊下歌舞、百戏、奇术异能不断,乐声悠扬。坊间有击丸踢球者、踩绳上竿者,也不乏表演傀儡戏、魔术、杂剧、讲史、猴戏、鱼跳刀门的民间艺人。在城北边,又搭起台阶状的鳌山,灯火辉煌,灯上绘有神仙传说,左右还用彩绢结成文殊、普贤菩萨,整座鳌山上张灯结彩,极其新巧,灯多用琉璃制成,随风摆动旋转,流光溢彩。鳌山顶端安置木柜贮水,不时放水,恍如瀑布飞溅而下。更用草把缚成双龙,遮上青幕,草上密置灯烛数万盏,远望如双龙蜿蜒飞腾。从鳌山到附近的大街,约一百丈,均用荆棘围绕,称作"棘盆",实则是大乐棚,棚内各色彩灯照耀如同白昼,乐人奏乐,同时演出飞丸、爬竿、掷剑等杂戏,好不热闹。

早年王安石均在地方,严格意义上来说,这是他们一家在京城过的第一个上元节。府外的人声鼎沸传到小辈人耳中,使他们早就坐不住了,清水一早便嚷嚷着要出去玩,王菀之、云娘虽未开口,内心也是想的,大抵这个年纪的人都愿意凑这个热闹。所以用过午膳,清水便催着娘亲去夫人那儿申请出府去玩。本来待嫁闺中的女子,最是不宜抛头露面的,但吴氏看着这几个孩子这些天也打不起精神,便多了一丝宽容,特允了他们可以出府观戏去。吴姨不喜热闹,自是要留下陪自家姐姐,所幸汀时习武,也能起一定的保护作用,所以吴氏便又派了几个得力的侍卫跟着,反复叮嘱过后,要人给云娘、王菀之、清水都戴上厚厚的面遮,方才放她们出府。

此时夜幕渐渐降临,最是热闹的时候,清水等人前脚刚出府,王安石后脚便穿戴整齐也往外去。原来朝廷每年都在上元夜设御宴于相国寺罗汉院,仅赐中书和枢密院长官,王安石自那次宫门风波之后,除了正旦的宫宴远远见过圣上一次,便再没有见过圣上,更别提交谈了。这几月斗转星移,时局变换,他本就担心圣上心思犹豫不定,更是摸不准今日圣上对于改革又是什么看法。此次宫宴,规模较小,他须得想办法和圣上说上几句,于是早早便往相国寺去了。

四、帷幕拉开

酉时，罗汉院。皇帝坐在正中，众位卿家分列两侧入座，内侍宣读之后，菜蔬便上桌了，一时间，觥筹交错。司马光坐在王安石的对面，在一众臣子的敬酒中，显得尤为繁忙，偶尔几次和王安石眼神交错，也只是一瞥而过，真如最熟悉的陌生人一般。王安石心下了然，也不再纠结，只往皇上那端望去。

皇上看着台下一派景象，不动声色，只一味拣着盘里的菜吃着，偶尔回过头对着身边的内侍说上几句。王安石目光炯炯地望着他，他自是有所察觉，也回望过来，却只是淡淡的。王安石看得陡然一惊，心下便凉了三分，正欲低头时，却看见皇上微微把手往门外一指，王安石经过前几月和皇上的夜夜交谈，两人之间早已默契非常，当下便有所会意，只是碍着此处人多眼杂，忙把脸上的惊喜隐去，端起汤小口啜着。

这时见这场宴会已经渐渐走向尾声，皇帝便依照惯例遣了内侍官福公公去取赏赐的簪花来，王安石见状，心领神会，在福公公离去后不久，便也以要更衣的借口，离席而出。出院门刚走几步，便看到福公公候在拐角处，王安石忙追上去，施了一礼，静静等着福公公的话。福公公最得圣上宠信，对待这变法的事情，也略知一二，这下得了圣上的旨意，正有一句话要传给王安石，便示意王安石上前。王安石忙走向前去，福公公便附在他耳边低声说了一句："圣心未变，一切照旧。"

这话对于王安石来说，可谓是一剂最有效的强心剂，瞬时让他惊喜不已，他回想起自四月开始和圣上一次又一次的面谈，那幅改革的宏图又再次在他心中清晰起来。其实旁人不知，王安石和圣

第六卷 激荡熙宁

上的谈话已经涉及改革的方方面面，不仅讨论了改革的方法、具体的条例，更是深刻明白改革的意义是为了什么，最重要的是，他俩在一个大问题上达成了空前的共识，而正是这样一个问题，便注定了改革的速度必须急进。在操作上，虽然无可奈何地选择了急进，但在这背后，却掩饰不住二人内心的一腔热血。至于这个大问题究竟是什么，还不能明说，这样的问题在重文轻武的大宋显得尤为敏感隐晦，尤其在如今的朝廷氛围下，这个问题确实显得有些不合时宜。但不可否认的是，任何一个想要有所作为的君主，都不会打消这种疯狂的念头，更何况是一个正值盛年，意气风发野心勃勃的皇帝。同时，也正是这样一个不为外人知晓的共识，成了王安石变法最重要的底牌和最坚定的倚仗，让他一步步出乎众人的意料，走向权力的顶峰。也正是这种出乎意料，真正激怒了反对派，让他们对王安石开始了最为残忍凶猛的反扑，就连司马光也不例外。

当然此时，一切都还未真正开始，在福公公那儿获取了圣意之后，王安石心下更为坚定，他忙谢过福公公，转身回院内去。

在王安石重新落座没多久，福公公便捧着几盒簪花回到殿上，同时手中还拿着一折奏章，呈给圣上。圣上翻开一看，眉头一皱，再看看台下众人，皆是他大宋最为重要的智囊，便心生一计，开口对众人说道："诸位卿家，现在朕有一事，还需大家商讨。"说着便让福公公宣读了奏章上的内容。

原来是早前河朔地区的大水灾，眼下需要商讨赈灾对策，无奈国库早已亏空，财政紧张，如何救灾成了当务之急，尤其在这个当口，这是一次绝佳的试探机会。既然自己心中已经有了决定，改革

四、帷幕拉开

已是必然,正是用人之际,加之他明白王安石一向耿直且不善结党,并非长袖善舞之人,虽名声远扬,早年得罪的人也不少,但凭他一己之力,所要面对的阻碍千重万重,若是用这事作为一道试题,在一定程度上,倒也能为自己选拔出一些得力助手来。

奏章宣读完毕,底下便炸开了锅,在座众人身居高位,虽各怀异心,终也有才华和能力,不是碌碌无为得过且过之辈,听闻此事,便也有了应对之策。

曾公亮首先站出来说道:"微臣以为,眼下虽财政紧张,但也应该全力救灾,我愿意放弃即将得到的郊祀典礼的赏赐,充公作为赈灾的物资。"这话说得颇有一种大义凛然的滋味,圣上闻言,也不免赞许,点了点头。

众臣见状,自知在这等表决心的事情上绝不能落于人后,忙接二连三站出来附议,一时间,台下可谓热火朝天。这样的阵仗,看在圣上眼里,也不免震惊。原以为这些大臣,最是怕给自己身上惹事,谁料想今日,倒是无私。但是圣上再聪明,也只是一个二十岁出头的年轻人,他不知道,自从他和王安石密见的消息走漏,这群狡猾的老狐狸便惶惶不可终日,生怕自己一旦失了圣宠,便沦为改革的炮灰。

经过多日的商讨,他们早已决定用一种以退为进的策略,放弃小利益而维系住自己的大利益,现如今一个个迫不及待出来表决心,实则只是一种障眼法。素来以刚正无私闻名的司马光,在这等大事上,更是标杆一般的存在,不用多说,自是同意。

台下众臣表的决心一浪高过一浪,一会儿便募集到一大笔数

第六卷 激荡熙宁

目的银两,足以先撑上一段时日。圣上震惊之余,也不免感动,想当初他刚一即位召众臣询问财政一事,大家还是打着哈哈不愿做出头鸟,没想到不出一年,竟有这样的觉悟,这让他对改革一事更加有了信心。不过说到改革,他便想起王安石,目光自然落在他身上,却见王安石此时坐在位子上若有所思,迟迟没有表态。久等不到结果,圣上未免心急,便点名问道:"王爱卿,此事你有什么想法?"话音刚落,殿内气氛便陡然紧张,众人皆知圣上和王安石关系密切,此时王安石的回答,显得尤为重要。但他素来是无私之人,早年执意留在地方做事,心系百姓,在这样的事情上,绝不会落于人后。他们之所以早先一步提出自己出钱赈灾的念头,就是想先发制人,摆出一副端正的态度,让王安石挑不出错来,同时,也迎合圣意,表个忠心。王安石的不表态,对于他们来说,最是不安,现在圣上特意点名王安石,他们便面面相觑,紧张之余,一个个心中也有了计算。

王安石自是不管其他人的心思,这几个月来,虽然因为之前宫门一场变乱终止了和皇帝的会面,他却没有一天停下对改革的思考,与吕惠卿等人日日激烈探讨,让他对变法的步骤、方法有了更为详细的想法。此时圣上发问,他便不慌不忙地出列说道:"微臣以为,此等节约之法实在杯水车薪,换言之,简直是面子工程。"

此言一出,犹如一个巴掌狠狠扇在早前附议的众臣脸上,一些人面上便有些挂不住,早有急躁之人出言反驳道:"王大人此言差矣,我等以身作则,解财政燃眉之急,怎会是面子工程?"

王安石闻言,也不急,回道:"当年唐朝宰相常衮,节省自己的餐饭,结果却被人讥笑,辞饭不如辞位。今日国用不足,尔等慷慨解囊,自是解了当下之围,但并非长远之计,真正的问题不在这里。"

此言颇有一丝嘲讽的意味,在一些人听来更是刺耳,司马光忙说道:"真正的问题的确不在这儿,但此举虽收效甚微,总比尸位素餐好,这是我等对朝廷的忠心,对百姓的关心,且眼下此事最为关键之处便是物资不足,以身作则捐款捐资,有何不对?"

王安石目光长远,多日的思考让他手中有了撒手锏,他的高深莫测此时便显露出来。他深知赈灾一事实则只是个引子,圣上所要知道的,是真正涉及实质的东西,正好他对此考虑已久,于是胸有成竹地答道:"知道国库空虚的根本是怎么造成的吗?最关键的原因,便是没有找对真正会理财的人。"

此话一出,正中皇上下怀。这个问题在他即位之初便曾经隐晦地对司马光提出过,让他当这个长官,管理财政。谁料司马光拒绝了,之后此事便被搁置,如今王安石再度提起,必是有信心,这让他不免眼睛一亮。司马光此时却不这么想,内心却最明白此话对皇上的吸引力,他博览群书,自知这样的理财之道,自古便没有一个妥善的下场,最终只会害了百姓,这也是当初他拒绝皇上提议的最大原因。如今王安石再度提出,这让他尤为不满,若是早前他还是由于自己的私心在变法进度上和王安石政见不同,但此时,却是一种发自内心的不认可,他甚至觉得,王安石在迎合圣意,来诱骗圣上为自己谋得权力。这让他愤怒,所以大义凛然地指出:"何为善于理财之人?你所说的理财之道,前朝早已试过,不过是按照户口、人头数目尽情搜刮民财罢了。百姓穷困,便会沦为盗贼,暴乱四起,不是国家之福。"

但王安石接下来所说的这句话,却真正让他暴怒。王安石面不改色地回答道:"善理财者,不加赋而国用足。"此话犹如一颗炸弹,瞬间在皇帝心中引爆,短短几个字,却拥有着这世间最强的魔力,把皇帝一下子吸引住了。但这话未免太过超前,听在司马光耳朵里,却有一种哄骗的味道,同时超出了他所自负的博览古今的知识储备,让他有一种被挑衅的错觉。他立马接口道:"天地间的财物皆有定数,不在官,便在民,如何才能不加赋而国用足?那些个财物,难道会平白无故生出来吗?怕不是你想变着法子抢夺民财罢了,这比加赋更为恶劣!你可知,早前桑弘羊曾用此术诱骗汉武帝,后果恶劣不堪,前史可鉴,难道现下你还要重蹈覆辙吗?"司马光真正愤怒了,无关乎自己的颜面、私欲,这是一种被欺骗的愤怒,原以为王安石与他只是政见不同,没想到几年过去,他竟变成这等卑劣之人,要拿天下苍生的命运作为自己政治的筹码,自己先前还对他百般手软,真真不值。

司马光的愤怒没有错,至少在那个朝代,他的愤怒,理所当然。天下财物皆有定数,这是一条真理,从未被打破,但王安石真正的伟大之处,便是他那超越时代的视角和眼光,面对司马光的质问,他并未动怒,甚至心底更有一丝欣慰,所以缓缓道来:"天下之物确有定数,但财可生财,若是手段得当,刺激经济,财物便可增值。"不得不说,王安石这种超前的想法,的确更为高明。

司马光沉默了,这代表他内心也在认可,他虽然害怕改革会伤

四、帷幕拉开

及自身利益,但目前听来,却是没有太大的担忧,他甚至有一点被说服了。毕竟他不同于其他士族子弟,他对这天下苍生,也是有着自己的抱负和承担的,若是有这等好事,何乐而不为?但他人却并不如此,马上又有很多人出来指责王安石的狂妄,但自这时起至最后,司马光都没有再说一句话。

自王安石在圣上心中砸下重磅炸弹之后,不管众人如何争吵,听在圣上耳朵里,都没了意义,现在他急需一个人静下来理清思路,所以他遣散众人,忙起驾回宫去。众人见状,只得散去,曾公亮等人原想今日在圣上面前得些好感,谁承想又被王安石搅了局,失了财物不说,还没捞到什么好,心下愤愤,出了门便扬长而去。司马光却走得很慢,他在思考,王安石的话越是在理,他心中便越是纠结,待他回过神来,四下早已无人,而他眼前,是王安石一个落寞的背影。是啊,现在他身边的帮手都还位卑言轻,本就没资格参加今日的御宴,刚才的廷争,王安石一人面对众人的发难,犹如一个孤独的斗士。他心中不免一动,忙疾步追上他,却不知从何说起,思索半刻,只得说了一句:"若是如你所言,甚好。"便匆匆离去。

王安石闻言,心中一暖,低头一笑,也坐上车回家去。这是大宋政治最温情的一幕,也是最珍贵的一幕,更是最无私的一幕,在尔虞我诈的背后,的确有这样一群人,他们纵使立场不同,政见不同,但都有着赤诚的爱国爱民之心,在廷上剑拔弩张的争论背后,私下里却不会因为一己私欲刀剑相向。无奈世事从来就不会完美,造化总是弄人,会有无数的束缚、误解、构陷,混在利欲的洪流中,吞没一切……

五、艰难重重

1. 初露锋芒

自那日一场元宵御宴之后,京城可谓是要变天了,一方欢喜一方愁,王安石这派,如有神助欢喜异常,王安石的最后一次亮剑,可谓是奠定了他作为改革领袖的地位。至此,对待改革一事,两派的矛盾对立点便从由谁领导转移成了是否会伤及自身利益。不得不说,对于王安石变法的反对抗争,并非一开始就如此剧烈,甚至在此时,更多人是站在他这一边的,这其中不乏一些士大夫阶层的中坚力量。毕竟王安石所提出的财政之道,不需要削减他们的收入,而仅仅作为一种增值的手段,既能为天下百姓谋利,又不伤及自身,何乐而不为呢?

经过一个月的准备,圣上终于对于这场变法有了第一个正式的动作。熙宁二年(1069)二月,圣上任命富弼为宰相,同时,一个全新的部门——"制置三司条例司"建立,负责人为副相陈升之。

出乎意料的是,王安石并未被授予大权,但这丝毫不影响他作

五、艰难重重

为改革主导者的地位。谨慎如赵顼,他明白改革须循序渐进,饶是他身为一国之君,也不得任意妄为,对待变法一事,表面上还应以稳定为主。所以他一方面以富弼的威望来安抚人心,另一方面让王安石躲在幕后,全力支持他组建自己的班底。至此,变法的核心人物,吕惠卿、苏辙、章惇等人,依次走向历史舞台。

七月,第一项法令均输法出台。均输法的意思很简单,便是增加发运司的权力。发运司是自太祖赵匡胤一朝便建立的一个部门,主要负责淮、浙、江、湖等六路的漕运,把南方的物资运到京城来。这也存在弊端,地方发运使没有决定运什么的权力,只得执行三司长官的命令,而远在京城的长官因为信息的滞后和与民间的脱节,往往不知道这个时节最好的资源是什么,更不明白每年每地具体收成如何,只是凭借印象大笔一挥,发运使只好领命将货物拉来。长此以往,必然造成京城的供需脱节,急需的物资稀缺,积压的货物却还在源源不断地运过来。奇妙的是,京城并没有因为这种问题民不聊生,反倒愈发繁荣起来,这又涉及了宋朝的商业。

当时京城的大街小巷里,小贩商家星罗密布,京城物资的短缺成了商人发财的机会。同时,一些规模较大的商贾之家,为了寻求制度的庇护,勾结高官贵族,更有甚者和后宫攀上了关系,这就像是一股涌动在繁华表象下的暗流。

这种民间经济的繁荣所造成的巨额财富,因为制度的不完善,只流进官僚商贾、后宫贵人的口袋。宋朝此前历来国力强盛,倒也不计较,只是到了本朝,今非昔比,国库亏空,日益沉重的岁币加之官僚系统内的腐败,一步步蛀空了大宋的基底,致使先帝的葬礼都只得草草而办,可见财政改革已经迫在眉睫。

当今圣上内心又有着自己的大抱负,如何迅速生财,成了变法的最初动机。所幸王安石是一个毫无私欲之人,所以他无视这些不成文的灰色规则,无视这个庞大的官商勾结的利益系统,通过增加发运司的权力,用强力的国家机器,将这笔巨额财富从他们手中硬生生抢夺过来。

他任命薛向为长官,用皇帝拨下来的五百万缗内藏钱、三百万石上供米作为启动资金,在很短的时间内,便将这个属于国家的买办机构办得风生水起。这让皇帝很快便尝到了变法的甜头。的确,王安石现在所做的事情,正如他先前所讲,不加赋而国用足,不仅解决了京城的供需问题,更让国家在买卖之间赚取了差价,同时没有增加官员、百姓的负担,乍看起来实在是两全之策、完美之计,但事实并未如此顺遂。

八月,王府。

采办物资的家丁刚一进府,管家王贵忙迎上前去,问道:"可买到了?"

家丁无奈,摇了摇头,打开手中漆盒的盖子,不出所料,空空如也。王贵虽有所预料,但还是忍不住失望,低声叹道:"这可如何是好,自从七月老爷的新法实施以来,这城中的商户便不知是得了谁的撺掇,直说老爷是捣毁经济的元凶,竟纷纷拉起阵营,绝不向王家出售任何物资。已经一月了,家中的存粮早已见了底,真不知该如何是好。"话音刚落,便听得身后脚步声响起,回头一看,正是夫

五、艰难重重

人吴氏,他忙将漆盒顺手藏到身后,行礼问安。他自小便跟着王安石,忠心耿耿,敬佩其心中志向,自知数月来王安石已经心力交瘁,吴氏身体一向不大好,这等小事,本该由他来解决,不应给他们添忧。谁料吴氏何等聪慧之人,接连几日菜蔬上的捉襟见肘她早已察觉,只消找个后院的婆子一问,便知道发生了何种变故。

她作为王安石的正妻,多年来不离不弃,连年在地方奔波,本就不是娇贵妇人。面对这种小挫折,早有应对之计。她深知但凡是大字号的商户,背后都与官家勾结。王安石此举,的确损害了他们的利益,有逆反心理也是正常,便对王贵说道:"别再执着于这些大字号的商户,去城郊东直门外的集市上看看,那里的百姓不会有这么复杂的心思。"

王贵闻言,忙拒绝道:"夫人,万万不可,老爷这样的身份,若是我们王府要到那种地方采办物资,真是失了身份,岂不是更会被好事之人耻笑。"

吴氏却只是释然一笑,道:"无碍,谁又不是寻常百姓呢?老爷的性子你最清楚,何时在意过别人的想法。快去吧,莫要打肿脸充胖子,真到了揭不开锅的地步,才真真遂了某些人的意。"

王贵只得应下,当即便遣了家丁再去城门外走一遭,傍晚时分,便拎着满满几盒食材日用回了府。晚膳时分,吴氏望着一桌食蔬,虽不甚精良,倒也新鲜,心便渐渐安定。好在王安石本不是在意这等细节之人,这几日更是一心扑在新法上,吃饭总是草草了事,倒也没有发现这等异常。

翌日,司马光府上,吕诲满面红光走了进来,司马光正卧在榻

第六卷　激荡熙宁

上细细端详手中的茶饼,见他来,忙坐直了身子招呼道:"吕公来得可巧,我刚得了扬州制茶名家陈家今年的新茶饼,说是茶沫细腻、茶汤丝滑,这会子正让人去请天仙阁的三昧手过来呢。"

吕诲闻言,脸上笑意更深,忙道:"如此甚好",便翩翩入座。他与司马光素来交好,出身相似,又同属一个阵营,特别在如今新法风行的当下,更是愈发亲密起来。

"吕公今日前来,面色红润,可是近来有什么好事发生?"司马光见他喜上眉梢,打趣道。

吕诲满肚子的话,正等着司马光开口问,当下便道:"好事倒是没有,笑话倒是有一个。"司马光知他前段时间因为新法的推行,手底下几个相熟的铺子进账均锐减,连带着他能抽成的油水也少了,正是郁闷之际,今日这般开心,却是稀奇,便也不打断,由着他说去。

"你可知,今日我家的车夫告诉我一个怎样的笑话?说是他家婆娘昨日去东市采买,看到几个衣着得体之人疯了一般大肆采购,在这素来是下层百姓聚集的市场上,甚是稀奇。几番打听之下,却是当今最炙手可热的王安石的府内下人,你说这最得圣上青睐的大红人,何以沦落到这般境地?真真如那商鞅一般,作茧自缚!"吕诲连日因新法的推行暗伤了私利,又无处申冤,只得暗暗忍受着,今日得此消息,正好出了一口恶气,心中大为快活。

司马光得知此事,心中滋味甚是复杂。他对王安石的确没有个人意见,均输法的推行虽在一定程度上损害了他这一阶层的利益,但说实话,终是为着百姓好的。再者堂堂士族,个个家境显赫,

五、艰难重重

就算少了这些灰色的利益,也并未伤及根本,又何必在这等小事上执拗不放,多费心思,实在有失大家之风。他心中不耻,只得暗讽道:"不过是失了些蝇头小利,也至于你们如此大动干戈,怎么,新法才刚刚开头,你们就坐不住了?"

吕诲闻言,面上讪讪,他知道司马光和王安石过去的交情,当下便有些尴尬,但这事落在他头上,也实在冤枉。他吕诲虽看不惯王安石的做法,但也终是坦坦荡荡的正人君子,绝不会浪费时间捏着这点小事动歪脑筋,忙解释道:"我自然不会在这事上失了自己的格调,只是那些整日坐吃山空的子弟,早早就坐不住了。他们一向目光短浅,只管认着眼前的利益不放,这些时日正铆足了劲想要将他打压下去呢。"

其实在司马光所在的阶层中,虽然目前因为共同的利益和立场站在同一个阵营,里面却还有派别,司马光、吕诲等人,自是不屑与那些忝居官位的呆瓜同流合污,当下便不再继续这个话题。

这时点茶圣手正好来了,司马光问候几句忙让他将茶饼拿下去打出茶汤来。不消一会儿,两碗碧绿的茶汤浮着洁白的沫,被装在黝黑的建窑瓷盏中端上桌来,一时间,芳香四溢,司马光、吕诲忙低头饮去,竟深深陶醉其中久久没有讲话。

过了一会儿,吕诲像突然想起什么似的抬起头来,掏出一方锦帕将胡须上的茶沫擦净,颇为不屑道:"虽说现如今的均输法并未伤及我们的根本利益,但那伙子南蛮的泥腿子,却不得不防。"言语中皆是对南人新秀的敌意。自古北方门阀士族,凭借着得天独厚的地理位置,处处占据了先机,渐渐成为一支地域贵族,有很久的

第六卷 激荡熙宁

传统,而南方,多被认为是教化不开的蛮夷之地。虽说近几年越来越多的南人中举当官,但终不是官场的主流,就算在京,也只能算是局外人般的存在,从不能与北人臣子相提并论。可如今由于王安石的关系,好一批早年多被排挤的南人官员便渐渐抱团,想要搭着改革变法的快车翻身,这让出身高贵的北人臣子感到不快。他们骨子中的优越感不允许这帮人一朝得志,更不允许他们越过自己去,所以对他们更是加了劲打压。加之新法的实行,让一大部分官员颇有一种被欺骗的愤怒,想当初他王安石信誓旦旦许诺,绝不动摇大家的利益,转过身去,却挑着他们私底下的灰色交易开刀。这让变法初期很多支持王安石的人有了一种深深的背叛感,对待新法也渐渐失了理智。

司马光闻言,眉头也是一皱,他虽欣赏王安石,却对南人没什么好印象,这是流淌在他血液中的骄傲作祟。而如今借由王安石的关系,最为活跃的吕惠卿,在他眼里,更是小人般的存在,每每看到吕惠卿和王安石形影不离的时候,他的心底总会冒出一丝酸意。他越是珍惜和王安石之间的情谊,便越是觉得吕惠卿这等奸佞小人,定是在王安石耳边灌了什么坏水,当下也恨恨附和道:"不过是小人得志,终不能成大器。"两人又交谈几句,便散去了。

均输法推行之后,不仅民间对新法的反对暗流涌动,朝堂之上,也不乏认不清形势的好事之徒执意要在皇帝一腔热血大肆改革的关口,跳出来弹劾打击一番,结果不过是被皇帝打发了去。

司马光等人最是知道如何拿捏和皇帝之间的关系,眼下若是贸然站出去持反对意见,只会平添皇帝的反感,再者新法并未对他们造成什么实质影响,便也乐得观望。均输法推行了两个月,虽遇到一些阻碍,但圣意坚定,很快便有所成效。王安石知道变法之初,最是急不得,他需要稳步前进,借着皇上打压反对派的势头,只有把均输法推广到全国,才能慢慢地改变众人百年来顽固的旧念头,为日后颁布的法令打下基础。

可以说,变法的第一场战役,改革派胜利了,王安石藏在圣上身后,显露出一丝锋芒,这为他日后成为历史上最受争议的宰相开了一个好头。所以,他迫不及待地推出了自己的第二项法令——青苗法。

2. 青苗法兴

青苗法,若要解释它,需得和一项盛行于隋唐两代的法令"常平仓法"联系起来。常平仓法,实则是政府的公益,百分百为民造福,丰收时,国家出钱稳定市价收购,防止谷贱伤农,灾年时,国家再出面以低廉的价格卖给百姓。但宋朝的腐败已经深入到这个国家的方方面面,一些唯利是图的官员,无视百姓疾苦,借着手上的特权,私吞粮食不说,更有甚者和奸商勾结,囤货抬价,发国难财。百姓没了粮食,只得饥饿度日,到了开春,更是没有播种的种子,只得去借高利贷。借时容易还时难,卖儿卖女的惨剧时有发生,长此以往,富的越来越富,穷的却越来越穷,最终沦为佃户、奴隶,从此再无翻身之日。而富户们,则通常倚仗背后的关系,买得一官半职,混入士大夫的队伍,大肆享受特权以躲避赋税、纳粮和服役。

这是一条庞大的交易线,一端牵着地方的富户地主,一端牵着中央的权贵士族,通过剥削百姓,两相得利。王安石和久居京城的人们不同,早年在地方的游历和任官,让他切身体会过民间疾苦,他深刻知道百姓是处在怎样的水深火热之中,对待这样利用特权欺压弱小的行为,他向来十分厌恨。所以在他为官的二十余载,他没有一天不在思考,最后得出了一套法令系统,便是青苗法。

青苗法的实质,同样与钱挂钩,但这次朝廷不再另出本钱,而是将全国各地的常平仓、广惠仓里的粮,从贪官手里收回来,捏在朝廷手里,作为生财的本金。具体做法便是将粮食兑成现钱,在河北、京东、淮南三路,分夏秋两个季节,贷给困难的农民。当然,不同于常平仓法的公益性质,青苗法并不白贷,等到两季庄稼收成之后,要加两成的利钱归还,实际一年的利息是百分之四十。

这时高尚的人就要跳出来振臂呐喊了:"王安石你这厮,压根是强盗!如此高的利息哪是救民,这明明是逼死百姓了。"所以在青苗法推行之前,作为变法班子中的一员,苏辙便义正词严地反对,直言利息太高,百姓必定有借无还,天下必定大乱。且常平仓法尽善尽美,只是被一些人钻了空子,只要加强吏治,就可以有理想的效果。王安石虽固执己见,但绝不是不听取他人意见之人,且青苗法不比早前的均输法,涉及大宋的根本——农业,绝不可以轻举妄动,所以在苏辙提出反对意见之后,他也觉得颇有道理,此后一个月,对于青苗法绝口不提。但不提不代表他不想,就在苏辙得意扬扬自觉自己用一种无比高尚的姿态蔑视了王安石之时,他却不知道,在官场混迹不满一年的他,此时是多么幼稚。

这一个月来,王安石多次进宫面圣,他与圣上就青苗法的目

五、艰难重重

的、措施进行了一次又一次的分析。常平仓法的确好,却不合时宜,国家连先帝的葬礼都没钱置办了,又从何处生出些闲钱来救济百姓?再者,四成的利息看似高昂,实则却还是大大低于民间私贷,最为重要的也是王安石和圣上最默契的那一点,他们接下来要干的这件大事,需要大量财力支持,这就意味着他们当务之急就是赚钱。在赚钱的同时,还要尽可能予民福利,把自宋朝开国便盛行的兼并之风刹住,将这些贪官恶民的不义之财扼杀。多日的对谈让王安石和圣上对于青苗法的看法又达到了空前的一致。

但在这个变法的初级阶段,他们还没有足够的力量来控制形势的走向,尤其对于这个二十多岁的皇帝来说,在他内心深处,隐藏着深深的自卑。仁宗无子,晚年被臣子们逼得没办法,才过继了英宗过来立了太子,这才有了他今日的皇位,虽说也是理所当然,但终究不是嫡系正统,这样的标签扣在他身上,让他经常午夜梦回,心惊不已。所以对着当今太皇太后曹氏,与其说是敬重,倒不如说是敬畏。所幸太皇太后慈爱,平日里待他也不苛刻,但身居高位之人,总是害怕哪天会骤然跌下,尤其在他初尝了权力的滋味后,更是惶惶不安,所以急切想要做出点成就来证明自己。

出人意料的是,王安石在此事上并没有想象中的急迫,他没有赵顼那样多的顾虑,他的担心,只有一条,怕百姓受苦。他非常知道这项法令关乎民之根本,稍有不慎,便很容易引起动乱。毕竟早年在地方兴修水利的失败,犹如一场挥之不去的噩梦,令他日日煎熬,所以在这等大事上,他自是要一百二十分的小心。青苗法是他变法系统中尤为关键的一环,也不能因为顾虑就不去做,所以王安

第六卷 激荡熙宁

石在等一个时机,一个最容易成功的时机。

此时的青苗法早已被世人熟知,一些人拍掌叫好,一些人将其视作对自己底线的挑衅。要说之前的均输法还是小打小闹,顶多夺了一些商人的利,那么青苗法一旦推行,则会彻底截断一些人在地方最大的一条财路。他们愤怒了,同时,他们也害怕了,这是特权阶层与生俱来的危机感,他们感到自己最能够倚仗的特权在失去含金量。但早前因为弹劾均输法,范纯仁、冯京等人接二连三被皇帝驳斥、赶走,在这事成为定局之前,谁也不愿做出头鸟,所以他们只得暗暗摩拳擦掌,积蓄力量,但表面上却只能观望。

王安石自然知道这隐藏在背地里的阻力,但他现在所能倚仗的只有两点:法令的效力和圣上的决心。随着反对派的暗流日益汹涌,他决定不再被动等待,要先发制人。近年来他身边也聚集了不少帮手,虽不比保守派的强大,却也大有可用之人。再者变法对他来说,并非一时兴起,他用数十年的时间来谋划,在地方也布下了诸多暗线,青苗法的推行需要皇上的支持,同时,还需要他自己的坚定。所以他需要做一次迎合时局的尝试,来为这燎原之火点上第一把柴。几番思量后,他当即便授意下去。

没过多久,河北转运司的王广廉便上奏,说是愿意在河北方面卖几千个"度僧牒"作为本钱,在陕西转运司试行青苗法,皇上自是欣然应允。没想到这星星之火,最终迅速蔓延开来,一时间扩大到河北、京东、淮南三路,而常平仓中一千五百石的粮食也被动用。这样的速度,是王安石没有想到的,但等他反应过来已是如此,初步试行的成功更是增加了他的信心,让他最终也没有多加干涉。

五、艰难重重

就这样,伴着大张旗鼓的阵仗,伴着王安石胸有成竹的允诺,皇上半推半就地带着一颗悸动不安又满怀期待的心,开始推行了青苗法。

九月,王安石走进自己办公的政事堂,意气风发,内心雀跃,却有说不出的孤独,虽说王安石身边不乏能手,但此时大多位卑言轻,这就造成了目前和他共事之人,都是反对新法之人,这让王安石在政事堂的处境可谓腹背受敌。冷嘲热讽自是不会少,更不乏正面冲突,前有唐介,后有吕诲,虽最终都被赶出京城,王安石却深刻地认识到,自己需要一个并肩作战的战友。于是当即修书上奏,要升吕惠卿为太子中允、崇政殿说书,圣上准奏。至此,当前改革派和保守派的战况如下:唐介生疮而死,吕诲被贬出京,而吕惠卿平步青云,伴随着另一项新法——农田水利法的出台,富弼毅然辞官,相位空悬,可以说,改革派取得了压倒性的胜利。

保守派的连连失利,让司马光终于坐不住了,他眼睁睁看着新法生生掐断多少家族的财路,看着圣上和王安石越走越近,看着身边一个又一个保守派倒下去,而现在,就连吕惠卿这等蝼蚁,竟也爬到和他平起平坐的位置,甚至影响到了他的地位,这让他感到愤怒。他虽也有一颗为民造福的心,但当危及切身利益时,他只能选择自己。

司马光并非贪财之人,但受不了自己的位置被别人占了去,他已经五十有一,如何受得了这样的侮辱。在名望上,他可说是和王安石平起平坐,都被看作是心怀天下、大公无私的典范,所以无论皇帝如何无视反对派的阻挠,对一道道弹劾的奏章置若罔闻,但对

第六卷 激荡熙宁

于他的意见还是愿意听的,所以他毅然决然地站出来,开始对青苗法连发三波攻击。

第一波,他向皇上进言,直言吕惠卿是奸佞小人,规劝皇上莫要被谗言蒙蔽,却收效甚微;第二波,与吕惠卿当廷辩论,依靠身边众多的支持意见,暂时占了上风;到了第三波,他终于直面自己内心的纠结,选择修书王安石,站在一个好友的立场,耐心相劝,直言青苗法的弊端。无奈三封帖子都被草草回复,这让他窝火,好比他捏紧了拳头使出全身力气,却打进了一团棉花中,何况那种来自昔日好友的无视,更让他大感挫败,一时间竟想不到什么更好的方法,只得暗自焦虑。

而此时,在他府中,有一个人比他更焦虑。李之昂看着王安石战胜一切阻碍,热火朝天地开始变法,内心的不安焦虑便日益加深,他深深觉得,那个荒诞的预言,可能真的会发生。他回想起他八岁那年,抚养他长大的母亲突然病故,临终前将他的身世告知他,让他去找自己的生父。当小小的他拿着母亲的信物叩开梁府的大门,迎接他的却并不是父子相认的感动,而是冰冷的蔑视。他是老爷的私生子,毫无地位可言,但念在他孤苦伶仃,好歹是梁家血脉,终把他留了下来。作为西夏的汉人贵族,梁府的一切在他眼里都是那样的华丽新鲜,他虽过着寄人篱下的日子,但远远望着高傲美艳的姐姐、飞扬跋扈的哥哥,在他的内心,竟暗暗生出一丝渴望来,渴望被认可,渴望成为他们的一员。所以那两年,他日日在无限期盼和无限失落中循环往复,看着哥哥姐姐一派祥和的相处,看着父亲和他们的其乐融融,他不甘,他嫉妒,但当姐姐推开他的

五、艰难重重

房门,站在他面前对他粲然一笑时,他只觉得连年来的郁闷都被一扫而空。

他至今还记得那天的场景,美丽的姐姐站在他的面前,向他伸出手,身后的阳光温柔地洒在她白皙的皮肤上,她小巧的鼻尖轻轻一抬,一双眼中便盈出了笑意。她轻启朱唇,清丽的嗓音夹带着珠翠的叮当声,对他说道:"你愿不愿意做我的弟弟?"

他望着那双伸过来的手,仿佛是这世间最美好的存在,他看着女子背后耀眼的阳光,如天国一般温暖,暖得足以融化他这么多年来受过的一切苦痛,所以他急忙伸出手,小心翼翼地叠在女子手上。许是那天的阳光太刺眼,又或者是他被这突如其来的喜悦冲得失了方向,这时他只要稍稍一抬头,就会留意到女子眼中不可掩饰的厌恶和狡黠,但他却没有,就这样,他度过了人生中最幸福的一个月,如梦般的一个月。

一个月后的晚上,当姐姐对他说:"你不能留在我们身边了,因为有一件大事需要你去帮我们完成,你会愿意吧?"他才如梦初醒,一瞬间,背叛、失望、不甘疯狂朝他涌来。

他急忙问道:"为什么一定是我?"

姐姐只是将他拥入怀里,心疼地说道:"因为你是我弟弟,因为我们流着一样的血,因为上天选择了你。"

李之昂这才知道,姐姐出生时,天象异常,父亲特意求得大巫来占过一卦,大巫只留下八个字:"人中之凤,祸起南王。"便不再多说,毅然离去。这对梁府来说,可谓喜忧参半。梁府虽是贵族,终是汉人,在西夏也算是边缘人物。李元昊英勇善战,西夏和大宋之间战事不断,对于这些在西夏的汉人来说,立场终归是暧昧的,只得战战兢兢独善其身罢了。如今出了人中之凤的预言,自然是好事,但需得将后半句的祸端止住。所以在这十多年间,梁家上下都在不停地找一些能人异士,占卜、算卦,终于将目标缩小,"南王"直指南边的王安石,至于如何将这一祸端除去,却又有一番考量,直到李之昂的出现,一切都有了眉目。月前被请上门的高道更是直言李之昂就是除去王安石的关键,所以这才有了这一个月来的姐弟情深。但此时的李之昂,毕竟还只是个孩子,不清楚这高门大院中的阴谋诡计,虽然心有不甘,但终究在姐姐的柔情攻势下烟消云散。

就这样,九岁的他,在姐姐亲自依着西夏风俗为他颈后刺了字后,孑然一身,孤独上路,去往那个他无比陌生又毫无倚仗的地方。这么多年,他奋力拼搏,机关算尽,才混得如今这样的地位。对于王安石,他是有杀机的,但他不是生来就心狠手辣,若是因为一句毫无根据的话,就让他去杀一个既没有私怨又没做坏事的人,他做不到。所以他私心想着,若王安石没有直接危害到西夏,自然不会和他姐姐有所关联。可眼下王安石一步步走向权力的顶峰,新法在如火如荼地进行,姐姐如今已经如愿当上了西夏的太后,权倾朝野,更是容不得有一丝威胁的存在,早前更是派人递消息过来,让李之昂速速动手。

此时面对王安石的意气风发,李之昂陷入了深深的焦虑。一方面,他急切想要完成姐姐的任务回到西夏,像哥哥梁乙埋一样,坐着万人之上的位置;另一方面,这么多年的摸爬滚打,让他见惯了算计。他内心其实还装着对梁家众人的怀疑,他明白自己很有可能被利用了,但最终对权力的渴望战胜了他内心的善良。王安石,确实是不得不除了,他紧紧握着袖袋中那枚梁家的勋章,一抬眼,满是杀机。

3. 青苗法废

宝慈殿,铜鼎里燃着安神的香料,青烟袅袅,一室馨香。

"现在是什么时辰了?"重重宫帐中突然传出一声问话,声音虽苍老,但却带着一种无法抗拒的尊贵。帐外候着的女官忙疾步向前,小心掀开一层层布帷,生怕透进一丝风来,行至床前,远远跪下,回话道:"禀太皇太后,已经申时一刻了。"床上躺着的正是仁宗的皇后,当今的太皇太后曹氏,她依旧是这宫里最尊贵的人。

"哦,哀家这一觉竟睡了这么久,看来真是老了啊。"太皇太后说着,便从被中伸出一只手,跪着的女官会意,忙上前服侍她起身,替她披上外衣,才唤侍从将帐子卷起,同时一小队宫女忙捧着一应用具缓缓向前。

"太皇太后万寿无疆,怎么会老?"女官是跟在太皇太后身边多年的嬷嬷,最得她信任,如今也已两鬓斑白,但行事却依旧麻利,她一面将漱口的金盆递过去,一面轻声回话道。

虽是奉承,但听在曹氏耳朵里,也不免舒心。她低低一笑,将嘴里的水吐出,又由着女官用巾帕为她擦拭干净,才开口嗔道:"臭丫头,要哄哀家,你我如今都是这宫里的老人咯。"说着,她突然想起一事,便问道,"顼儿今日可有来问安?"

第六卷 激荡熙宁

女官忙答道:"皇上心孝,问安自是一日都不会少,方才已经来过了,见您憩着,等了一会儿便回去了。"

曹氏闻言,倒也满意,这个孙子,不比他父亲,对自己,总是礼遇有加,是个懂事的孩子,但近来行事,却有些急躁。她虽久居深宫,但也还没到痴傻的时候,一些闲言碎语,虽然没人敢在她面前说,但高太后近几日的问安,言语中对于朝政的躲躲闪闪,她自然也猜出了几分意思。正想着这几日找皇帝来问上几句,便吩咐道:"明日项儿来请安时,让他留一留,就说哀家找他有点事情。"

待太皇太后梳洗妥当,快到了问晚安的时辰,便由女官搀着往正厅里去,刚一坐下,高太后便进殿来,礼数做全福身问了安,便让身后女官递上一封信笺,对太皇太后说道:"韩司徒来信了,特别交代,要呈予太皇太后。"

"韩司徒?哪个司徒?"后宫虽严禁和外朝通信,但对于太后来说是特例,只是在太皇太后这里,向来无人搅扰,又从哪里冒出个司徒来?曹氏闻言,不免疑惑。

高太后忙又解释道:"韩琦,大名府的韩大人。"若是别人,她何故来打扰太皇太后的清闲,只是韩琦,三朝元老,权倾一时,仁宗驾崩时力助英宗即位,可以说是她的恩人,自然特殊些。何况当时韩琦力排万难稳住形势的笃定表现,也颇得太皇太后的赏识。这段时日高太后因为新法的问题焦头烂额,好多宫外的财路都减弱甚至断了,正是烦心的时候,眼下韩琦的一封信,让她觉得一瞬间拥有了千军万马,所以估摸着太皇太后午憩已经起身,便急急赶了来。

五、艰难重重

"哦,是韩相。"太皇太后了然道。从她的言语中,不难看出对韩琦的尊敬。即使此时他早已辞官离京,走下权力的巅峰,但在她老人家心里,他依旧是那个独领朝纲的元老级人物。

她回忆起仁宗驾崩之日的混乱,想起韩琦冒着以下犯上的风险在朝堂之上用身体紧紧压住四处逃窜的英宗,生拉硬扯着给他戴上帝冠,然后迅速拥立新帝登基,用他的威信,稳定众人,立下汗马功劳,心中不免闪过一丝悲痛。仁宗走后,她虽在宫中备受尊重,却仍感孤独,英宗不是她亲生的孩子,对她甚是傲慢,她有苦难言,常常被气得半死。而后赵顼即位,对她虽孝顺有加,终究隔着一层,无法真正亲近。加之近来朝廷上换血厉害,一些仁宗朝的老臣接二连三地辞官,取而代之的是王安石等锐意进取之流,官位都还没坐热,就急吼吼地将变法搬了出来,所幸本意是为国家好的,她也不能多说什么。但历来宋朝对南人北人的看法就大相径庭,甚至有地域歧视的嫌疑,就连仁爱宽厚的仁宗也认为南人轻贱,不可倚重。曹氏眼看着如今借着变法的由头,越来越多的南人在官场崛起,在她眼里,便是小人得志,于是大为反感,但后宫不得干政,因此也不便多说。

"这倒是稀奇,韩相竟还记得哀家这个老人家。"太皇太后打趣道,心中也不免有一丝欣喜。她久居深宫,虽说地位尊贵,但早已没有什么实权,早年那些拼命巴结的人便渐渐少了,她这宝慈殿,颇有一种无人问津的凄凉,难得有故人的消息,便也来了精神。但转念一想,都说无事不登三宝殿,韩琦此次来信,莫不是这宫外翻了天? 连忙追问道:"可是有什么要事?"

第六卷 激荡熙宁

高太后闻言,心中一喜,太皇太后年事已高,早已不过问这宫内外的事情,今日最怕她压根就没兴趣看韩琦的信。但现在看来,倒是可以放心,既然太皇太后愿意看,她便有八成的把握可以说服她,当下忙起身将信笺呈上去。

太皇太后示意身边的女官拆了信,坐直了身子,将这书信放得离眼睛稍远些,微眯了双眼细细看着。开篇无非是些问候的吉祥话,但越往下看,就越是荒唐,太皇太后眼中满是震惊和难以置信,这让她的手都忍不住渐渐颤抖,待她将通篇看完,已是震怒。身边熟悉她脾性的女官看在眼里,此刻尤为不安,近几年太皇太后的身体已经大不如前,最忌大喜大悲,忙开口劝道:"太皇太后,小心凤体。"话还未说完,便被狠狠打断。

"反了!这天下,莫不是要反了!"太皇太后抬眸,双眼一横,将这信重重拍在桌上,力道大得生生将她精心养了多年的水葱似的指甲震断了一根,此时隐隐渗出血来。她此时只觉得急火攻心,眼前一黑,力气似被抽尽,就要倒下。女官忙上前扶住她,却被她一把推开。"这个孽子,是想把祖宗打下的大宋毁了去吗?"说着便一下下捶着自己的胸口,心口如刀剜一般。

太皇太后暴怒,屋内众人忙齐刷刷跪下,喊道:"太皇太后息怒,太皇太后息怒。"高太后未曾看过信上具体内容,没料到太皇太后竟有这样大的反应,心下也是意外,此刻也"扑通"一声跪下,叫着:"母后息怒,仔细自己的身子。"话落便急忙磕起头来,满头珠翠噼里啪啦一阵乱撞。

"息怒,息怒,叫哀家如何息怒?"太皇太后哀声叹道,"事情发

五、艰难重重

展到这个地步,为何你没有早点告诉哀家,真当哀家是死了吗?"高太后听得这声质问,忙抬头解释:"母后,我确实不知究竟发生了什么事。近来的确有不少人在我耳边说了些话,我只当是胡乱诌的,并未多想,还请太皇太后明示。"高太后这些年来在后宫一手遮天,指使手底下的人瞒着太皇太后和不少宫外巨贾、民间富户牵上了线,白白得了好些钱财,新法的推行,她作为直接的受害者,自然要想方设法地去打压。但她明白太皇太后刚正不阿,最是不喜后宫滥用私权为己牟利,更痛恨后宫干政,此时忙装出一副两耳不闻窗外事的模样。

"你自己看!"太皇太后一把将桌上的信挥到她面前,便瘫倒在榻上,拼命顺着气。高太后忙抓过信来看,韩琦在信中描写他亲眼所见青苗法的推行如何民不聊生,直言自己的痛心,更将仁宗搬出来,惋惜仁宗留下的太平盛世已经不复存在。难怪太皇太后如此震怒,但此举正合高太后的心意,她忙添油加醋道:"简直岂有此理,我大宋本就是繁荣盛世,哪需要这些个新法来改变什么,眼下倒好,搅得天下大乱,臣妾恳请母后,废止新法。"说着便又磕下头去请命道。

太皇太后此时已经稍稍平静下来,但仍旧无法平息自己的怒气,当即便遣女官去请皇帝过来,女官领命,忙一路小跑出宫,往崇政殿的方向而去。

崇政殿,皇帝案前,此时也摆着一封奏章,同样出自韩琦之手,造成的影响也不比太皇太后那里小。

第六卷　激荡熙宁

"王爱卿，你如何解释！"皇上将这奏章重重砸到殿下跪着的王安石身上，狠狠问道。

王安石此时却是一头雾水，青苗法正在如火如荼地推行，农田水利法也已经出台。他连日繁忙，今日皇上却急召他进宫，谁料他刚一跪下，便是这般场景。他忙将奏章捡了来看，越看脸色越白，吓得他背上冷汗津津。他知道，反对新法的人一直都很多，无非是拿着法令本身说事，但这封奏章上，通篇都是民间百姓如何凄惨，新法如何杀人于无形，一幕幕人间惨状好似发生在眼前，读来不禁让人揪心。但他是最了解新法的人，若是推行下去，绝对不会出现这样的情况，这定是有人陷害，所以他当即便说道："圣上明察，绝无此事，定是有人恶意陷害。"其实这样的话，他说过不止一次，自新法推行之初，恶意构陷之事便不会少，每一次，他都是跪在圣上面前，说着冤枉，稍加查证，便会还他清白。他对青苗法很有信心，此举定是诬陷。

"陷害？韩司徒三朝元老，忠心耿耿，即使身在地方，也如此关心朝廷大事，甚至亲自上书，怎会是陷害？"皇帝驳斥道。

虽说皇帝十分相信王安石的为人，但此事涉及韩琦，便大不同了。韩琦当年是促使仁宗立下太子的大功臣，后又力助他父亲即位，这才有了他的今天。对于他来说，可谓有再造之恩。何况奏章上所描绘的事情，有凭有据，绝非胡诌，定是新法出了什么问题。他是最害怕新法出问题的人，害怕自己好心办了坏事，证明自己不成，反落为笑话。当下韩琦一封奏章，就好比重重扇了他一个耳光，让他从这几个月的得意扬扬中瞬间清醒过来，他不得不重视新

五、艰难重重

法,毕竟有这么多人反对,他怀疑自己是不是真的做错了。

王安石低估了韩琦在皇帝心中的地位,听得皇帝此言,心便凉了一截,但他绝不能放弃辩解:"圣上英明,当日你我共同探讨青苗法的方方面面,这才加以推行,你我都清楚,青苗法对当今的形势,只有利处,怎会出现这样的问题?"

王安石终究还是太天真了,一方面,皇帝的鼎力支持,让他在变法中一路走来,虽遇到重重阻碍,但终究顺遂;另一方面,他太过相信自己的理念,而忽视了一个最重要的环节——执行。前期对于反对派的打压,王安石多选择了赶走、流放,这就造成在京城的反对势力小了,但这些人却到地方做起了长官。

因为这些私怨,加上不甘心自身利益被砍断的富户从中使坏,使青苗法的推行大大走样。

青苗法推行前明文规定了不准硬摊派,但实行起来,却被一些贪图政绩的官员无视,一味追求为官府争取利益,硬贷给不需要的上等户,等到还债时,便打着官府的名号强行索要,而那些贫困小民,自然有还不上债的时候,如此不通情理的追债,便酿成诸多惨剧。当然王安石也不傻,看完奏章,他已经意识到肯定是执行出了问题,但这并不是法令自身的原因,所以他又解释道:"眼下出了问题,是执行不当,这些惨剧,都是因为执行官的硬摊派,只要我们加强监管,就可以杜绝。"

皇帝闻言,也有些被说服,毕竟当时青苗法是经由他手研究制定出来的,但他想起当时推行青苗法的场景,倒的确有赶鸭子上架的错觉,如今恰巧出了问题,是不是他忽视了什么,法令本身肯定还有问题。他稍加思索,突然想到一事,说道:"为何这样一项农村的法令,还要到县城里推行?城里人又不种地,哪里需要借这样的贷,你这不是硬摊派,还是什么?"

王安石听至此,心下一抖,皇帝果然还是发现了。其实这事他早有察觉,但他觉得这倒不失为一条赚钱的路子,便也没加阻止,甚至默许,如今被皇帝翻到案上来说,他也颇有一丝被拆穿的窘迫,只得老老实实地将内心想法告知:"因为能赚钱。"

这个答案的确直白,但未免有些太过直白。张口闭口谈钱,在官员们看来,有失身份,更何况是堂堂皇帝。虽然眼下国库是急需用钱,但这样摊到台面上来讲,在皇帝听来,竟生出一丝讽刺的意思,当下便勃然大怒,骂道:"钱钱钱,你身居高位,怎么和这乡野村夫一般见识,我堂堂大宋,竟沦落到要去抢百姓钱的地步了吗?荒唐!"

王安石一听,百口莫辩,真是冤枉,若不是因为皇帝想要做的那件大事,他何苦想这些法子来圈钱,正是因为眼下他们需要大量的钱,这才有了他睁一只眼闭一只眼的妥协,怎么眼下皇帝竟大义凛然训斥他,当即便提醒道:"圣上,您别忘了,我们是要去……"话还没说完,被殿外通报的声音打断了。但皇帝一听,心下已是了然,对啊,真是气急了,怎么把这事情给忘了,这样想着,面上便缓和了不少。福公公此时急急步入殿内,附在皇帝耳边轻声说道,太皇太后急召。皇帝心下疑惑,太皇太后怎么这么急,但事情发生在这个时候,未免太过巧合,便有所不安,只得亲自过去走一遭,忙让王安石先回去,然后乘上御辇,急忙向宝慈殿行去。

五、艰难重重

皇帝刚一踏入宝慈殿,就发觉气氛不对,忙向太皇太后问安:"太皇太后吉祥。"

话音刚落,便迎来太皇太后没好气的回话:"吉祥?我因为你,还怎么吉祥得起来?"

赵顼向来害怕太皇太后,这时听到这样的话,自然知道事情不对劲,忙跪下撒娇道:"皇奶奶,孙儿不知道是哪里惹恼了皇奶奶。"

太皇太后此时正在气头上,见他如此,也没有好脸色,道:"你眼里还有我这个皇奶奶吗?你说说,你到底做了什么好事!今日若是我不把你叫来,你这是要翻了天!怎的,真当我是半只脚踏进棺材的老东西了,竟想在我眼皮底下生事。"

曹氏乃名将之后,素来行事雷厉风行,不怒自威,几句言语砸过去,赵顼便觉得有些承受不住,只得低声应道:"皇奶奶教训得是!"

太皇太后见他如此敷衍,气便不打一处来,斥道:"莫要哄我!我看你如今是大了,越发不受管了,皇位还没坐稳,就想大动干戈,祖宗之业都要毁在你手里了!可怜仁宗皇帝早逝,此情此景,如何安眠地下。"说着便嘤嘤哭起来,不胜凄楚。

赵顼被扣上这样一顶大帽子,心下一惊,太皇太后的话,直戳他内心最深处的恐惧,搬出仁宗来,更让他有一种深深的自卑,当下便跪到太皇太后身边,求饶道:"皇奶奶言重,孙儿定不会干出此等错事,还请皇奶奶息怒,注意凤体。"

谁料太皇太后不领情,一把将他推开,骂道:"孽子,起开!我不是你奶奶,莫要再叫我!"

此话一出,不仅皇帝惊了,高太后也坐不住了,她的本意只是想要借由太皇太后之手废了新法,但绝不是想要她对自己的儿子生出什么意见,忙起身跪下,劝道:"母后息怒,项儿绝无二心,定是被贼人蒙蔽了双眼。"又同时对皇上喊道,"项儿,莫要再被奸佞小人乱了自己心神,大宋立国以来,屹立不倒,何需改革?你看看你整出的新法,弄得民不聊生,现在更把皇奶奶气得如此,此等祸事,定要速速除去。"

赵项被逼废新法太过突然,且新法和他内心最大的梦想息息相关,没那么容易割舍,当下便也不回话,只默默在太皇太后身边跪着。高太后见状,不由得着急起来,不废新法事小,惹怒了太皇太后事大,毕竟太皇太后作为仁宗遗孀,可以说是这个宫里最嫡系的存在,身份比他们这派过继而来的要正统,自然最尊贵,忙催促道:"快答应皇奶奶,把那新法废了!"

赵项此刻颇为纠结,真是进退两难,偏偏此时太皇太后突然抓住他的手,紧紧盯着他,眼神中是说不出的迫切,骑虎难下,皇上只能不情不愿地答应。

熙宁三年(1070)二月,皇帝下令,废除青苗法,一时间,反对派欢欣鼓舞。

六、水落石出

1. 甜蜜陷阱

　　白废除青苗法的圣旨一下，王安石便告病回家，他的新法推行至今，还只出台了均输法、青苗法、农田水利法三项，青苗法更是重中之重，如今被废除，可谓是否定了整个新法系统。他眼睁睁看着自己筹划了数十年的新法度一夕之间轰然倒塌，深受打击。一方面，他震惊于皇帝态度的急转直下，那日进宫面圣，他和皇帝虽有争吵，但也不至于到这个地步，其中定是发生了什么大变故。另一方面，韩琦在奏章中所揭露的新法带来的种种弊端，着实让他心惊，竟然在他眼皮子底下，也有这么多人敢明目张胆地恶意扭曲新法的执行，他毕竟身在京城，消息闭塞，不知道地方上的百姓对于新法究竟是什么反应。韩琦之言，可以说是陷害，但也有可能是事实，他当即便派吕惠卿着人去地方上实地调查一番。趁着政事堂还没有发出最后的正式文书，王安石用一种心灰意懒的假象作掩饰，实则默默打探，等待转机。

第六卷　激荡熙宁

而就在王安石一心苦思出路的时候,他却未曾发现,后院的一场阴谋正在酝酿。丰乐楼二楼角落的厢房,云娘和李之昂正在秘密会面。云娘在王府后院过了几年无忧无虑的日子,虽是作为李之昂的内应,却也清闲,平日里除了记录王安石的行踪,再无别的任务。但随着在王府待的时间越来越久,她的心中渐渐煎熬起来,她对王安石是有愧的。虽说平时王安石和她没什么交集,但王府上下待她倒是和善,吴氏当日接她入府,虽是无奈之举,待她却从未苛刻,一应用度俱全,更为她辟了后院一方宅院供她居住。王安石的子女待她更是不用多说,本就年龄相仿,自然要更好些。之后来了吴姨,又生下清水,她便在旁边一同抚养,现如今清水已经十岁出头,平日里待她最是亲昵,长此以往,她对王府的感觉也在渐渐改变。她本就是孤儿,幼年辗转流离,之后碰上李之昂,初尝情事滋味,但终究聚少离多,大多数时间依旧独身一人,在王府这些年,竟让她有一种家的温暖。

当她今日一早收到李之昂的信时,又惊又喜。虽说这十年来,李之昂和她因为避嫌总共没见过几面,但她还清楚记得那日李之昂英勇出面,救她于水火的温暖背影。他的形象,一下子降落在她的心房,即使十年过去,她想起他,还是忍不住有一种少女的悸动。王家虽好,终是停留在对她的照顾层面上,但她和李之昂却有着甜蜜的过去,所以一得知李之昂要约她出来见面的时候,她开心得快要跳起来,当即便梳洗一番,找了些由头遣了身边众人,在无人注意的时候,偷偷溜出府,欣然赴约。

李之昂经过先前一番计算,终是对王安石起了杀心,无奈他位

六、水落石出

卑言轻,无法直接出手。作为韩琦留给司马光的幕僚,他在司马光府上虽受重视,但司马光不比那些一心只有自己的士族子弟,更难操纵,何况他与王安石,还有着很深的交情。所以在李之昂数次借由新法撺掇他与王安石决裂,或者主动出击时,都被司马光一口拒绝,甚至惹来反感。他也不便再说,只能把主意打到云娘身上,所以才有了今日的邀约。

两人沉默许久,毕竟十年过去了,云娘早已不是之前那个一见他就说个不停的天真女子,他也不再是当时那个涉世未深的少年了。在看了众多人物的起起落落,见识了官场如何凶险,他的心境早已不复当年。加之年前他辗转得知姐姐已经登上西夏太后的位子,哥哥梁乙埋作为首相,权倾朝野,这让他内心觉得自己和权力的距离越来越近,行事也越发急迫。

"这几年,你过得可好?"云娘小心翼翼地打破沉默,说着,又用那双痴迷的眼睛望着李之昂,这个她魂牵梦萦的面孔,十年了,终于可以好好看个够了。

李之昂闻言,感慨万分,他不是不知道云娘对他的心思,甚至他也对云娘有着异样的感情,但此等儿女情长,被他自己狠狠压下,应以大事为重。时隔十年,他听着云娘情意满满的问话,心中不免一动,答道:"我很好,你呢?"然后他直直迎上云娘炽热的目光,似也要将她望穿。

云娘望着李之昂的眼睛,在那里,她清楚地看到浓浓的思念,他,也是在意她的!这让她感到不胜甜蜜,脸一红,忙低下头轻声说道:"很好,只要你好,我便好。"

李之昂听到这句话,也是颇为感动,当即便握住云娘的手,惊得云娘猛一抬头,便撞进李之昂热烈的目光中,心中五味杂陈,思念、埋怨,此时都烟消云散,两人就这样痴痴望着,几乎要落下泪来。

"吃饭吧。"李之昂清醒过来,想起今日的正事,忙从这样暧昧的气氛中抽身出来。

这顿饭吃得倒是愉快,之前的一番话将这十年的生疏打破,云娘和他,仿佛又回到了当初那个小木屋中同桌吃饭的场景,云娘还是一刻不停地对他讲着这十年来她的所见所闻,眉飞色舞,那双晶亮的眸子,还是和从前一样。他能看得出,云娘这几年在王府过得不错,王安石倒是个和善的好人,可惜他们生来便是你死我活的对手,他断然不能因为这些影响了自己的计划,当下便打断云娘的话,突然道:"云娘,我们成亲,可好?"

这是一句云娘从被救起的那一刻就日思夜盼的话,就这样毫无防备地来到,她愣了,一阵狂喜过后,却是不胜唏嘘。她现在早已过了成亲的年龄,再者她的身份,是王府的妾,如何再与他人成亲,只得悲戚叹道:"如何成亲?我早已是别人的妾了。"

李之昂知道她会是这样的反应,按照原计划,不慌不忙地继续说道:"我不在乎,我们可以逃离京城,远走高飞,天下之大,怎会没有你我容身之处。"

云娘闻言,心中一惊,她本就不在乎什么身份地位,只要有李之昂在身边,她什么都可以不要,当即便答应道:"好。有你这句话便够了,我随时都可以跟你走。"

六、水落石出

李之昂见状,知道云娘已经上钩,又继续说道:"但是走之前,你还要帮我做一件事,可好?"

云娘此时早已被喜悦冲昏了头脑,渴望数年的事情突然来临,自是怎么样都不愿意让它溜走了去,当下立即答道:"可以,自然好!"

李之昂随即在袖袋中摸出一个小瓷瓶,递到云娘手上,然后又附在她耳边轻声讲了几句。

"不可以!我做不到!"云娘还没把话听完,就急急叫了起来,忙把手中瓷瓶往地上一丢,用脚踢开,好像这瓷瓶是这世间最毒的蛇一般。

李之昂没有料到她此刻的反应会如此之大,只得哄道:"云娘,只要做了这件事,我们就可以过上幸福的日子了,你不想吗?"云娘还没从震惊中缓过来,心中发冷,抖得如筛糠一般,李之昂忙将她拥入怀中,一下一下轻抚她的后背。

云娘渐渐平静下来,心中却十分纠结,只得说道:"我自然是想的,只是你要我做的那件事,我做不到。王大人是个好人,我不能害他。"

李之昂见云娘如此不配合,颇为恼怒,忙将她从怀里推开,用手紧紧捏着她的下巴逼迫她与自己对视,狠声说道:"你莫不是对他动了心!"

云娘忙解释道:"没有!云娘的心里,从来只有你一个人,只是王大人待我很好,王家所有人都待我很好,我不能干这样背信弃义的事情。"说着,就落下泪来,嘤嘤啜泣着。

第六卷 激荡熙宁

李之昂见状,心中也不免吃痛,云娘对他一片真心,他何苦要如此为难她,只是现在,他也是没有办法,才出此下策。他语气便有所缓和,耐心哄骗道:"这个东西,不是毒药,是我辛苦觅来的假死药。若让他服下,不会要了他的命,只是暂时让他昏迷罢了。事成之后,我既可以摆脱他人的制约,你也可以趁着府上慌乱逃出来,我们就可以永远在一起了。"

云娘被说动,但还是不大放心,追问道:"这可是真的?你莫要骗我!"

李之昂只得继续劝道:"你见我何时骗过你,我的心意,你还不明白吗?"他回忆起刚才云娘说起清水时眼中闪烁的光芒,知道她心中最渴望的是什么,接着说道,"只有这样,你才能有自己的孩子,你留在王府,妾的身份也只是形如虚设,最后,也只有孤独终老的下场。不如我们一起离开这里,我们可以找一个风景秀丽的地方住下来,生很多很多孩子,我们会有自己的小家,好吗?"

云娘听到此处,早已心神荡漾,几乎要被说服,而此时,李之昂的唇便落在她的唇上,带着不由分说的霸道,狠狠占据她的脑海。情迷意乱之下,她再无思考的余地,只得胡乱应下,两人多年来被压抑的情感一下子爆发出来。

云娘再睁开眼,枕边早已无人,她回忆起方才,这是她第一次将自己全身心交到一个男人手上,更何况,还是她情之所系的男子,一时间心境已经大为不同。她在李之昂留下的气息中心神荡漾,突然一个转身,将床边的瓷瓶紧紧握在手上,下定了决心。

待她深夜回到府上,她早已不是原先那个懵懵懂懂的云娘了,

六、水落石出

对李之昂的渴望,让她想要用最快的速度完成这件事。但她与王安石从未有过接触,平日里也只待在后院厢房,如何找到下手的机会,她陷入苦思冥想。

翌日一早,她便起身梳妆,悄悄摸出了后院的大门,往书房行去,她知道王安石有每日晨读的习惯。当她蹑手蹑脚推开书房的门,果不其然,王安石正在案前翻阅书籍,听闻声响,忙抬头一看,眼中尽是疑惑。

云娘忙装出一副毫不知情的样子,战战兢兢地跪下,谢罪道:"妾身不知老爷在此,搅扰了老爷的雅兴,望老爷赎罪。"

王安石见她的确吓得不轻,小小的身子诚惶诚恐地伏在地上,心中没来由地便起了一丝怜爱。他素来不是苛待下人的人,虽说云娘此举确实欠妥,但打发回去闭门思过就好,当即便说道:"无碍,你是哪个院的?王贵没有教过你什么地方该来,什么地方不该来吗?"

云娘闻言,只是一愣。的确,王安石对她也只是十年前的匆匆一瞥,之后便再没有找过她,不记得她,也是正常。只是当下,她也不知如何回话,只得喃喃道:"妾身,妾身……"

王安石见她说不上来,心中便疑虑更深,瞧她的衣着也不同寻常下人,又听她自称妾身,于是记起原来她就是当年韩琦硬塞给他的妾。当时因为对青芜的愧疚,事出荒唐,让他对云娘莫名生出些敌意来。这些年来,政务繁忙,让他根本就忘记了这个人的存在,今日一见,却生出一丝愧疚来。当时她也是受害者,如花般的年纪,被强嫁进来,独守空闺十载,乃至今日出现在他面前,竟然都不认识。不知道这样寄人篱下的日子,她是怎样熬过来的,更别提成百上千的夜里,那些深入骨髓的孤独了。眼下见她如一只受惊的小鹿缩在地上,心中愧疚更甚,忙起身将她扶起来,问道:"你是云娘?"见云娘微微点了下头,又问道,"你来此处,可有事?"

云娘回道:"妾身平日里闲着无聊,曾经误打误撞进来过几次,发现这里藏书甚多,又没人,得空便过来想要打发时间。"

王安石见她柔弱可人,听得此言也并未多想,他虽有晨读的习惯,近几年因为变法事宜繁杂,总没有很得空的时候,导致书房常常空置。这几日因为青苗法被废告病在家,倒是清闲,想来云娘不知此处是自己的书房,今日才会误闯,知晓了她的来意,便亲切问道:"你喜欢看书?"

云娘点了点头,老实说道:"自然是喜欢的,只是妾身出身不高,不识得几个字,虽说看不懂什么,但想此处书多,就是空气也是比外面好些,不如多来这里闻闻,没准哪日便开了窍。"说着,便抬头看向王安石,面上一派天真。

王安石闻言,扑哧一笑,他自幼博览群书,夫人吴氏也出身书香门第。自己的几个子女,王雱自是不用多说,就连两个女儿在他的教导下,也是文采斐然。难得听到这样天真的话,倒是稀奇,连带着这么多天来的阴霾也有所消除,又见云娘脸上无比认真的神色,当即便对她消除了戒心。

他看云娘的年纪倒与他的小妹差不了多少,当下便更亲近了一分,又考虑到这十年的冷落,心中难免有所愧疚,便打趣道:"若只是这样呼吸点空气就能开窍,这世上的人岂不是要将我这书房

六、水落石出

踏为平地啦。"

云娘只得撒娇道："那这样妾身真是没救了，这书房日后也是没必要来了。"说着便假装嗔怒，转身离去。

王安石见她此刻倒是有着小女子的娇俏，早年小妹也是这般可人，小女王菀之也经常这样撒娇。云娘此时的动作倒将他内心最柔情的一面勾了出来，忙出言挽留道："有救有救，以后若是我得空在此，便让人唤你过来，我教你识字，可好？"

云娘闻言一喜，忙应道，心中想到今日目的已经达到，便忙寻了个理由告退了去。在身后房门关上的一瞬，云娘脸上的笑意便隐了去，事情虽然发展得比她想得还要顺利，她的心却如何也开心不起来。王安石对她越是宽容，她的负罪感便越多，当下便怀着满肚子的心事，回到了自己的院里。

一连五天，王安石都在书房亲自教云娘识字，云娘学得很快，王安石也颇有成就感。这人啊，越到晚年，就越想着能含饴弄孙。王安石虽然有一腔大抱负，但终究只是一个平常人，府里孩子少，清水虽在一方面填补了这个空缺，但太过贪玩，云娘娴静聪慧，短短几日，进步神速，让他倒有一种教小儿孙识字的错觉。长年累月在精神高度紧绷的状态下生活，这事倒成了一种放松，所以接连几日，他都乐此不疲。

"老爷，吕大人有急事找。"汀时与老爷关系亲密，便得了管家王贵的吩咐找到书房来请老爷，刚一推开门，便如遭雷劈。此时，他竟然有点不相信自己的眼睛，因为他看见老爷站在云娘身边，颇为亲昵地帮她握着笔，两人好像正说到什么好玩的事情，气氛无比温馨。一瞬间,他感到愤怒,忙高声质问道:"你们在干什么!"

云娘吓得手上笔一掉,在纸上落下一个大大的黑点,有一种阴谋被识破的窘迫,当即便低下头不说话了。王安石见汀时进来,不免吃惊,汀时是青芜的弟弟,此时却撞见他和云娘共处一室,加之云娘又是韩琦送进府的,汀时素来将韩琦看作杀害姐姐的元凶,对待云娘,自然不会有什么好脸色。眼下居然撞破这一幕,王安石也难免尴尬,忙起身向他走来,解释道:"汀时,事情不是你想象的那个样子。"

汀时当然听不进他的话,脸上布满失望、震惊和戒备之色,无奈前院里吕惠卿急找,必然是派去地方的探子有了什么回音,王安石当下也不宜久留,只留下一句"你等我晚上回来和你解释",便匆匆离去。

王安石走后,室内便只剩下云娘和汀时两人,云娘正准备开口解释什么,就被汀时狠狠打断。他想到云娘进府的蹊跷,想到宫门风波那夜后院里飞出的鸽子,又想到今日的场景。他对云娘已经非常怀疑,其他事情能忍,但他忍不了这个女人占着她姐姐的位置,要干什么见不得人的勾当,当下便威胁道:"今日之事,你最好没什么别的心思,不然我就算拼上我这条命,也要杀了你!"说着便愤愤离去。

当夜,王府中王安石和吕惠卿通宵议事,云娘这边灯也燃了一宿,汀时的话让她辗转反侧,她害怕、不安,同时又愧疚,但李之昂的甜言蜜语犹在耳边,她终于还是迷失了心智。苦恼了一夜,手中的毛笔竟不知不觉画出了那个她无比想念的图案,那是属于李之昂颈后的刺青。那日云雨之时被她瞥见,觉得十分特别,便暗暗记了下来,这时候被她毫无征兆地画出,自是透露了她的心声。无论如何,她都会选择李之昂一边,所以她也不再苦恼,将这纸张晾干,小心翼翼地收入自己的香囊,一边想着该如何躲过汀时的视线,尽快把事情办了。

2. 初登相位

距离青苗法被废已经过去十天,王安石终于出山,将这多日来的反思、考察,汇聚成一封奏章,上奏给皇帝。那日吕惠卿前来,的确给他带来了很好的消息和两位得力助手:一位是李定,在地方多处游刃,亲眼所见青苗法的效果,并非韩琦所说那样惨烈;一位是蔡卞,蔡京的弟弟,今年中举的进士,年轻有为,重要的是,相当支持新法,并且立场坚定,是个可造之才。王安石有了这样的一手资料,心中便安定了许多,几番思索,几番考量,终于将多日所想汇成这封奏章,满怀希望地呈了上去。

而当皇帝看到这封奏章时,心中也是颇为欣喜,当日他下令废新法,实属无奈之举。当时情况混乱,太后和太皇太后不断威逼,他只得顺势而为,但最关键的原因,是出自他内心的担忧。韩琦所言,句句剜心,让他一瞬间便失去了对新法的信心。毕竟他年纪还轻,在对待政治法度上面还稍显稚嫩,何况韩琦待他有恩,又是大宋的忠臣,历经三朝,在政治上,有着比他出色很多的表现和经验,这样言辞恳切地直抒新法弊端,将新法造成的具体危害告知他,劝他废法,不得不说,对他的影响非常大。他内心十分害怕把事情做

第六卷 激荡熙宁

坏，所以当时头脑一热，便下令废法，但冷静下来想想，又颇为不甘，毕竟新法的核心意义，和他最想做成的那件大事息息相关。换言之，他毕生的梦想，他不甘心就这样放弃，当即便派了两个亲信的宦官张若水、蓝元震出京，到地方上去暗访，秘密调查青苗法到底反响如何。

昨日两人快马加鞭回京，直言在青苗法推行的地方一切都好，没有什么硬摊派的行为，一切都是自愿。皇帝闻言，心中一定，这变法的天平又渐渐往王安石这边倾斜过去。

心下有了决定，但他却不能轻易有所行动，毕竟十天前太皇太后震怒，逼得他满口答应废新法，现如今又贸然地支持变法，定会再次激怒太皇太后。这件事还得慢慢来。所以一连数天的问安，他都显得尤为耐心，眼看着太皇太后的怒气渐渐消弭，便渐渐将这变法的前前后后同她耐心交代，并将那两个宦官叫来，亲自和太皇太后描述民间的实际反应。同时，提拔司马光为枢密副使，让他进入朝廷最高的领导集团中，地位远在王安石之上，借此平息反对派的抗拒。

司马光接旨后，尤为得意，之前对青苗法的三波攻击都收效甚微，谁料韩琦一脚猛烈的助攻，直接逼得皇帝废法，眼下皇帝巴巴地升他官，颇有一种讨好的意思，这让他从数月来被忽视的愤怒和地位被威胁的焦虑中走了出来。

但司马光从来都没有要把王安石当作自己的死敌的意思，先前对于新法的攻击，并不是针对王安石，而是为了自己。当时的他，是到了地位直接被威胁的地步，所以才不得已跳出来反击，再

六、水落石出

者吕惠卿是他向来看不起的人,竟然要和他平起平坐,这让他大受刺激。直到他听得众人整日说着新法的不好,人民如何如何悲惨,才觉得王安石是不是做错了,当即修书三封,苦心相劝。谁料王安石不愿和他多费口舌,这让他更加窝火,面对和王安石有关的事情,他终于不能保持一颗平常心了。

而后局势突然翻盘,他今日又被升职,他在确保自己地位的同时,才想起王安石当下的处境,当即便借着皇帝下旨要王安石回来办公的由头,大肆渲染,公然指责王安石失职,言辞激烈,所幸王安石并非小气之人,并未在意。但这一举动,在皇帝眼里,却是惹人生厌。多次警告后,司马光依旧我行我素,终于王安石也意识到,司马光行事已经欠考虑,失了公允之心,对待新法的态度便不好控制了。

王安石此时到了最为敏感的时候,韩琦的抨击历历在目,他不能再放心让任何一个对皇帝产生影响的人身居高位了。所以在奏章呈上去之后的几天,在获得皇上的肯定回答之后,他毅然决然复出,第一件事,便是批准了司马光的辞呈。按照旧例,宋朝官员每次上任前,都要礼貌性地推辞。王安石不念旧情,对司马光发起的第一次反击,收效明显,司马光当即被排除在两府高官之外。而后新法重新实行,自然受到纷至沓来的反对意见,都被皇帝和王安石一一压制。

熙宁三年(1070)年底,皇帝提拔王安石到首相的位置,确立他百官之首的地位,至此,王安石正式走上了权力的巅峰。同年,王安石的爱子王雱举家回京,任太子中允。王安石至此,可谓是家

第六卷 激荡熙宁

庭、事业两相美满,意气风发。

但对于汀时来说,这一年却并不这么好熬。之前因为云娘的事情,他和老爷之间总感觉没有从前那般亲密了,之后一个更大的打击在等着他。蔡卞因为在任官当地极力推行新法,对王安石表现出最大的支持,王安石认为此人可以栽培,生了招婿的心思。这正中吴氏下怀,王菀之已经及笄,在父母亲的极力撮合下,最终嫁与蔡卞,一对苦命鸳鸯,被生生拆散。同时,云娘一方面因为汀时的防备,总是近不了王安石的身,另一方面是王安石重新复位后一日比一日繁忙,一刻也不得停歇,她一直没有接近他的机会,总找不到下手的时机。眼看着王安石成了首相,李之昂的担心却在日益加剧,多次催促云娘下手。

熙宁四年(1071)的正月,多日繁忙的王安石总算是得了一丝清闲,一大清早,便往书房走去。坐了约莫一个时辰,他便听得门外有一阵窸窸窣窣的声音,忙问:"谁在外面?"

云娘此时端着一碗木瓜羹,手心里全是冷汗。她稳了稳自己的心神,大口呼吸几次,便推门进去。

王安石见来者是云娘,也不免有一丝尴尬,当日汀时撞见他们在书房的场景,他现在再想来,也觉得冷汗津津。他对云娘,的确没有什么心思,顶多是多留心了些,但汀时那日受伤的神情却狠狠刺痛了他,让他连带着对青芜的愧疚,惶惶不安。对云娘,早就没有了之前的热络,见她进来,也只是淡淡说道:"你怎么来了?"

云娘心下紧张,结结巴巴回话道:"妾身看老爷连日繁忙,特意熬了这碗木瓜汤,给老爷润口。"

六、水落石出

王安石见她磕磕巴巴、小心翼翼的模样,又有了一丝心疼,语气便缓和了些:"放着吧。"

云娘唱喏,将这木瓜汤郑重放在案上,便告退了,王安石自然也不留她。

合上门的那一刹那,云娘就好似失去了所有的力气,脚下一软便要瘫倒。她想起方才她颤抖着将瓷瓶里的假死药倒入汤中,不出一刻,王安石便会晕死过去,心中实在后悔,但因为李之昂的关系,她不得不做。行囊都已经收拾好,只要王安石一出事,她就会按照原计划离开,在酉时到达李之昂和她约定的城郊小树林,同时也说好,若是到了戌时她还没有出现,便说明任务失败,李之昂便会独自离京。

她心想,终于要解脱了么?可是为什么她的心此刻却是这样的沉重,她想起王安石那短短五日和她相处的场景,曾经也给她带来了不小的欢喜,想起清水老是黏着她,想起王菀之和她彻夜彻夜的交谈,诉尽小女儿情事,想起吴氏待她的宽厚。十年的光阴,若说没有感情,谁都不会相信,眼下就快要与众人分别,心中也是尤为不舍。

当她正沉浸在自己的悲伤中无法自拔时,她身后却突然响起一声怒喝:"你在这里做什么?"说着便有一个黑影从天而降,落在她身后。

原来汀时连日来因为烦闷,都将自己关在院内练武,一个飞跃之时,就瞥见了云娘在书房外徘徊,当即用轻功急急赶了过来。

云娘本就没什么力气,被这样一吓,当下的反应便是要逃,无奈脚步虚浮,没走几步便重重跌倒在地,就连袖袋里的香囊都不慎甩了出去,连带着那张画有李之昂刺青的纸竟飘了出来,当下便大惊,也顾不得腿上的疼痛就扑过去把它抢了来胡乱塞进衣服里。

汀时在她身后,看到云娘慌乱的动作,便往那纸上去看,不看还好,一看犹如雷劈,当下愣在原地。那个刺青!姐姐出事的夜晚,在肇事者被韩琦追着打的混乱之中,在王安石抱着姐姐悲痛恸哭之时,那个角落里匆匆而去的他,颈后也有这样的刺青,还有当时他们第一次离京在路上遇到流寇时,当中有一个人也有这样的刺青,怎么云娘这里也有!他觉得自己好像被吸进了一个深深的阴谋之中,这让他不寒而栗,当即便冲上前去想要看个清楚。无奈云娘早他一步把香囊收进衣内,便要逃走。汀时自幼习武,当下便三步并作两步冲到云娘身边,一把把她扳过来,大声吼道:"你是什么人?你手上拿着的那个刺青图案是哪里来的?"

云娘哪里知道这其中的曲折,只知道这是李之昂的刺青图案,如何也不能将他暴露,忙扯谎道:"哪里来的刺青图案?不过是我胡乱画的。"说着,就要挣脱汀时的手,但力量终究悬殊,汀时此刻早已怒火冲天,哪里懂得手下留情,当即便将云娘一把翻过来双手反扣在身后,便要去搜她的身。

云娘大惊,男女授受不亲不说,此刻她最怕汀时发现那个香囊,所幸她刚才塞进了里衣内,饶是汀时再大胆,也不敢明目张胆地扒了她的衣服,忙大声叫着:"你放开我,放开我!"

王安石在送走云娘之后,并未多想,依旧沉心看书,手边的木瓜汤发出阵阵清香。他想到此时离早膳也已过了一个多时辰,肚

六、水落石出

子也有些饥饿,便将汤碗拿了过来,舀起一勺,就要往嘴里送。谁料才刚到嘴边,门外便发生了很大的争吵,他忙把碗放下起身出去一探究竟。

只见汀时此时正将云娘压在身下,一双手直往云娘身上摸去,云娘衣衫半解,甚是狼狈,正在撕心裂肺地叫喊。王安石见状,大为震惊,怒斥道:"汀时!光天化日之下,你在做什么?"说着便上前要拉开他,无奈汀时执拗,又比他力大,当即便把他挥开,王安石一时急火攻心,"啪"的一声,便狠狠打了汀时一个耳光。

汀时没有防备,当下便被扇得别过了头去,云娘趁机从他手中逃出来跌坐在一旁,紧紧捂着自己的衣服,嘤嘤哭泣。汀时不甘,又要冲上去,被王安石拦下,只得急急对王安石叫道:"她一定知道姐姐死的真相,她知道!"

王安石不解,连忙追问,汀时才又将刺青的事说出来,王安石便去问云娘,云娘此时只是一味哭着,直呼冤枉。汀时闻言,忙说:"冤不冤枉,脱下衣服来一搜便知!"云娘好歹是王安石的妾,虽没有实质,但如何受得这样的羞辱,王安石闻言,也觉得甚是不妥。何况云娘一介弱小女子,当时青芜出事,估计还是襁褓婴儿,如何知道这里面的事情,定是汀时误会了。再者汀时护姐心切,对待云娘,向来敌视,加上先前的那件事,激动些也能理解,忙安抚道:"你不要急,这中间定是有什么误会,你莫要急,我一定会查清楚。"又对云娘道,"你且先回去。"

云娘如获大赦,当即便向院外跑去,跑到一半,复又想起一事。她回想刚才王安石极力维护她的场景,心中一暖,又想到自己竟要对他下毒,更是羞愧难当。一时间,自责和悔恨让她突然清醒,她发现自己曾几何时,竟变成这样一个为达目的不择手段的女子,当下便又折返回去,也不管王安石和汀时的震惊,一头冲进书房,将那碗木瓜羹摔到地上砸个粉碎。王安石忙进屋来问她发生了何事,云娘一时间也不知道如何解释,先前只想着要把这碗毒汤倒了,忽然灵光一闪,忙蹲下身子捡起一瓣碎片便做出一副不堪受辱欲自杀的样子。王安石忙又上前阻止她,好生安抚一番,这才放她回自己屋去。

后院的一场风波,就这样平息下来,王安石事后多次询问云娘是否知道青芫的死以及汀时所说的那个刺青,云娘皆缄口不语。王安石初登相位,要操心的事情太多,也没有多少精力来管这些事情,便也渐渐搁置。至此,云娘事败,李之昂离京,一切又都好像回到了原来的样子,云娘在深深的惋惜中,又不免有一丝庆幸和释然。

而汀时因为这件事情和王安石愈发生出了嫌隙,就算王雱从中周旋,都没有什么用,便也无可奈何。汀时日益沉默,现在除了每天在自己房外习武练剑,便闭门不出,王安石虽心疼,也只得随他去。

3. 真相大白

王安石的家事,在朝政面前,自然成了小得不能再小的插曲。随着他登上相位,手中的权力越来越大,身边有了王雱的助力,也是如虎添翼,皇帝对他的信任一日深过一日。新法的推行出奇顺

六、水落石出

利,改革了科考制度之后,保甲法、免役法相继出台,虽然遇到了很大的阻碍,但都被一一克服。很明显的是,在这一系列新法的实施下,国库迅速充盈起来,同时因为保甲法的推行,集结了一波强大的民间武装力量,至此,州县之间因禁军太远、厢兵太差造成的管制空白被填补,再没有发生任何叛乱。而随着这些条件的具备和改良,他和皇帝之间那个不敢明说的大秘密,那件急切想做的大事情,终于被搬上了议程。

时间一晃来到熙宁五年(1072),变法已经进入了第四个年头,一些方面都渐渐走向成熟,效果也颇令人满意,不仅在财政,而且在军事上都有了很大的进步。二十四岁的赵顼终于坐不住了,迫不及待地把自己的梦想搬上台面来,那就是战争。

正是血气方刚的年纪,宋朝早年的战败割地,在他看来自然心痛不已。他是很有抱负的人,也很想干出一番大事业来,收复失地,开疆拓土,这是他的终极梦想,这一点在他刚即位时便显露出来,无奈诸多臣子极力相劝,才只得作罢。

所幸之后碰到王安石,两人一拍即合,让他在一开始商量变法时便毫无顾忌地将这个野心告知于他。王安石果然没有让他失望,不仅没有打击他,反而十分支持他。只是打仗并非儿戏,需要前期很完善的筹划、充足的军费和优秀的将领,所以君臣二人虽然达成共识,但也只能细细谋划。而后身边各国虎视眈眈,梁太后执政下的西夏,近年来野心勃勃,大宋与西夏的大战一触即发。南边的蛮族叛乱不断,更不要说数年来的死敌——最强大的辽国了,这便让战争显得尤为迫切,所以变法的很多疑问,此时便都有了答案。比如变法的速度为何不缓步向前而是急进,比如新法对赚钱的执着,这都是在为之后即将到来的几场大战做着万全的准备。

只是战争一事,向来在宋朝是最敏感的话题。宋朝富饶繁华,但周边强敌环伺,立国百年来,战乱不断,在对待和外敌之间的战争上,多采用花钱买和平的方法。但长此以往,国库亏空厉害,且国家地位每况愈下,早年也有连连战胜的风光时候,但到了现在,在军事上到底是落了下风。可打仗毕竟是一件劳民伤财的事,若非不得已,不能贸然主动挑起战事。

大宋这些年来虽在对外战争上总是处在被动的位置,但在朝堂高官的眼中,却非如此。在他们心里,崇尚和平是高尚的态度,是大国的气度,是涵养和素质,是堂堂大宋不同于那些野蛮民族的根本原因,所以乐得用岁币的形式维持和平,或者在边境开辟一些榷场,让出一部分利益。但是,外族的贪欲是无限的,一次又一次的加价,边境的抢掠,都在一点点地掏空这个帝国。终于,国库亏空到不能再亏的地步,烂摊子交到当今圣上手里时,他便有了打仗的念头。

经过多年的积累,再加上一个合适人选的出现,让赵顼和王安石终于放心地将这个大秘密昭告天下,并且选定了他们要跨出的第一步——征讨西夏。而这个最合适的人选,便是王韶。他曾在熙宁元年(1068)上《平戎策》三篇,详论取西夏之略,认为西夏是可以攻取的,若想攻取西夏,应当先收复河、湟二州,这样西夏人就会有腹背受敌之忧。他建议趁着现在各羌分裂,互不统属,将他们割裂开来,各个击破。一旦各部都臣服了,即使西夏再强大,也只会

六、水落石出

孤立无援,不足为惧。

《平戎策》一方面正确分析了熙河地区吐蕃势力的状况,另一方面又提出了解决西夏问题的策略,非常实用,因此得到了王安石和皇帝的高度重视和采纳,当即王韶便被任命为秦凤路经略司机宜文字一职,主持开拓熙河之事务。多年下来,已是万事俱备,就等着皇帝下旨了。

熙宁五年(1072)三月,为解决边境军费,市易法推行。

四月,皇帝一身铠甲,铮铮有声,出现在太皇太后的宫殿,进行着多年来从未落下的请安,但此刻在太皇太后眼里,却格外特殊。他请安完毕之后,便笔直站立,英气勃发,开口问道:"皇奶奶,孙儿这样穿,可好?"

太皇太后闻言,感慨万分。她是名将之后,已经是好多年没看到这挺拔的军装了,一时间勾起了她内心的那份雄心壮志。她没想到,有生之年居然能看到孙子这般英姿,心中也是由衷欢喜的,但此刻皇帝神采奕奕的样子,却让她颇为不安。这是要打仗了吗?她敏锐地察觉到。

随着年岁增长,她行事便渐渐喜欢平稳,兵戎之事,实在不是她所希望看到的。但此刻看着这闪闪发亮的铠甲,也不免动了心,在她的内心深处还有着那样一颗开疆拓土的野心,所以她一时间,竟不知该回什么话。往事涌上心头,五味杂陈,终究化为泪水,默默从眼中流下。她看着皇帝的坚定和决然,便明白了,自知劝也没用,便只能喃喃说道:"甚好,甚好。"

第六卷　激荡熙宁

五月，皇帝、王安石面对排山倒海般袭来的反对声和质问声，稳住心神，力排万难，还是将战事化为不可更改的现实，将古谓寨升为通远军，命王韶兼知军，行教阅法。

七月，王韶引兵筑渭源堡及乞神平堡，破蒙罗角等族，为秦凤路沿边安抚使。至此，拉开了熙河开边的序幕。

伴随着熙河之役的打响，变法的核心实质终于真相大白。王安石和皇上并肩站在宫门角楼上，看着宋朝的大好河山，心中激荡。他们一同携手，实现了一个伟大的梦，这让他们此时的关系超越了君臣，更有一种战友的亲密和知己的默契，多年来的心血此时变为现实。他们默默望着远方，感慨万千，他们都知道，变法到了这个时候，才真正走到了成败的分水岭。此次战役的结果，便会影响到变法今后的走向，虽有不安，但终究被信心盖过。他们在等，等捷报传来，等一个鼎盛时代的开启……

七、信任危机

1. 熙河开边

熙宁五年(1072)八月,王韶击败木征于巩令城,筑城武胜。王安石接到捷报,当即写信给王韶表示祝贺。冬十月,置熙河路,领熙、河、洮、岷州、通远军,升镇洮军为熙州,以王韶为龙图阁待制、熙河路都总管、经略安抚使兼知熙州。十一月,河州瞎药等来降,封为内殿崇班,赐姓名包约。十二月,王韶又收复镇洮军。

熙宁六年(1073)元月,王安石听到王韶在前线又有新的胜利,心中欣慰,再次写信给王韶鼓励道:"承已筑武胜,又讨定生羌,甚善!"二月,王韶进筑康乐寨、刘家川堡,再次出兵占领河州,活捉了木征的妻子,震动很大。王安石难掩激动之情,再次寄信给王韶:"得喻以御寇之方,上固欲公毋涉难冒险,以百取胜。如所喻,甚善!甚善!"

三月,王韶攻取河州、熙河地区,不料羌部首领木征逃走。不久后,羌部集兵数千反击香子城,掠宋军辎重。王韶当即就命侍禁

第六卷 激荡熙宁

田琼率七百兵星夜行军,前往救援,进抵牛精谷,却遭羌部袭击,兵败被杀。王韶急遣先锋苗授率领五百骑兵自河州回击,大败羌部兵。之后再攻牛精谷诸部,再次获胜,还守香子城。三月二十四日,王韶又遣知德顺军景思立打开通道,尽夺羌部所掠辎重,同时,王韶终于带着主力大军赶到,开始发起总攻。谁料木征狡猾,自知硬拼不过,开始兜圈子跑路,但敌不过宋军迅猛,两天后在架麻平被围堵,四千多吐蕃人被歼,战绩辉煌。谁料木征逃跑后,复入河州,趁着宋军首尾不能相顾的空虚,一举收复老巢。

这是宋军行军的弊端,以往每次主动进攻,都会落进这样虎头蛇尾的套路中,浪费了时间,付出了代价,该攻下的地方最终却还是守不住。但王韶不同,他是一个军事奇才,向来反对死打硬拼,而是要用脑子智取。于是不急不忙,先筑香子城,控扼要地,复遣军渡洮河,攻克康乐城,又亲自率军破珂诺城。四月下旬,王韶还熙州,遣军平南山之地、建康乐城、刘家川堡与结河堡,打通饷道,随即率军破踏白城,转兵香子城。又派德顺军景思立率领两千兵力躲开主战场,进筑河州,打得吐蕃人措手不及,随即占领河州,又马不停蹄,攻下岷、叠、宕等州,战果累累。

至此,熙河开边之战的第一阶段结束,王韶转战一千八百里,拓疆近三千里,招附吐蕃人三十余万人,虽木征还没落网,但也不妨碍这成为大宋建立以来最大的一次开边行动,同时也完成了对西夏的侧翼包围。

捷报传至京城,皇帝和王安石相拥而泣,这是欣慰的泪水,多年来日日夜夜的忙碌,克服了多少艰难,才让新法得以推行,新法

七、信任危机

的成功让隐藏在背后的真正目的浮出水面。他俩还记得第一次在朝廷上提出熙河开边时官员们的反应,他们虽然立场坚定,手段强硬,但内心还是没底的。所以自王韶出京的那一日起,他们便日夜煎熬,战战兢兢地等着战报的到来。如今,王韶没有辜负他们的期望,交出了一份很好的答卷,同时,也是新法交出的一份完美的答卷,皇帝和王安石终于可以长吁一口气,他们做得并没有错。近年来,一些反对新法的人被逐一打倒,苏轼被贬、吕诲病死、司马光辞官远赴洛阳修书,再加上之前欧阳修的隐退,韩琦的权力也终被限制在大名府内。朝廷上,对于新法的阻碍渐渐变小,皇帝和王安石的眼前只剩下一派清明。

可事情绝不会如此顺利,就在王韶回京述职的空隙,西北再出祸端。逃走的木征卷土重来,令人吃惊的是,湟州董毡也迅速行动起来,派副将鬼章率兵两万,围攻河州。河州守将景思立领兵六千,进行回击,面对三倍之多的敌人,激战数个时辰,交锋十多个回合也没有落于下风。这时鬼章派兵直接从宋军后路进行包抄,后军将领却避战而逃,鬼章轻而易举杀入军中,中军、前军突然遇袭,将军王宁战死,韩存宝、魏奇重伤,战况急转直下。景思立得知后,立马派弟弟断后,无奈之下,全军向附近的山岭转移。回到山上,景思立悲愤难当,就要拔剑自刎谢罪,被众人拦下,之后又激励部下,冲下山再战,最终阵亡。余下兵将只得退进河州城,死守待援。消息传回京城,举朝震惊,皇帝立即让王韶赶回熙河,主持大局。

半月过去,进一步的消息仍未传来,皇帝如坐针毡。紫宸殿,

第六卷 激荡熙宁

众官上朝。

王安石站在队首,立在一侧,这时一人手执笏板出列奏请,说到熙河事宜,恳请停战,言之凿凿:"臣恳请圣上立即停战,熙河一战,劳民伤财,现下诸将战死,朝廷损失惨重,为何还要拖下去?河州本就是他人土地,生争硬夺,终生祸端。眼下木征、董毡联手,直逼边境,来势汹汹,臣跪请圣上下旨,归还土地,以寻得停战。"说着便扑通跪下,头抢地,重重磕着。

这话听在改革派众人耳朵里,一瞬间便激起了怒火,河州本就是大宋的土地,不过是被外族强占了去,现下物归原主,何来生夺硬抢一说。再者,战争作为变法的后续,实则和新法度息息相关,这样公然地要求停战,不就是变相打击新法吗?吕惠卿当即便忍不住了,忙出列奏道:"河州本是我大宋之地,如今是收复,不是抢夺,何来归还一说?再者胜败乃兵家常事,如今只是暂时落了下风,王将军已经回去主持大局,相信局势很快就会有改变。"

对方队列中又有一人忙出来反击道:"现下已过了半月,还未有捷报传来,可知前方必是一场苦战,此次不比之前,董毡加盟,力量不容小觑,我们已经失了先机,若想反败为胜,谈何容易?与其等着战败被胁迫割地赔偿,不如自己先作出态度来,把握先机。"说着便也跪下,叫道,"臣也恳请圣上,立即停战。"

一言既出,忙有人上前附议,一瞬间,廷下乌泱泱跪倒一片,咚咚咚地磕着头,为首一人的额前已经青紫,身子摇摇欲坠。眼看着就要血溅当场,皇帝见此阵仗,也不免慌乱,忙出言制止道:"诸位爱卿,先起来,停战一事,容朕考虑。"

七、信任危机

吕惠卿忙急急跪下，劝道："圣上，万万不可，如今停战，前功尽弃，便是要把先前累累战果拱手送人了！"皇帝闻言，也不免纠结。的确，之前捷报频传，王韶战功赫赫，已经取得很大的成果，眼下若要他放弃，心中实在不甘。再说战争一事，本就是他心中梦想，也是他大力推行，如今下令停战，草草收场，看在外人眼里，岂不笑话，皇帝的脸面，又要往哪里放？但他终归还是太年轻了，面对战争，没有很大的定力和耐心，加之他的性格中又有着自卑懦弱的一面，让他有些时候比起对战争胜利的渴望，更害怕战争的失败。所以之前西北动乱的消息一到京城，他便慌了阵脚，如今半月过去，也没有新的捷报传来，这让他越来越不安。今日见得群臣这样恳请停战，一时间，竟有些拿不定主意，只得向王安石寻求帮助道："王爱卿，对此事你有什么看法？"

王安石此时心中确实复杂。在对待战争一事上，他是非常有信心的，《平戎策》中所说的方法，在他看来必胜无疑，何况王韶英勇善战，这么点动乱很容易就可以平定。若是搁在半月前，面对这样的停战建议，他是一定会大为斥责一番的，但是这半个月来前线没有消息，让他也隐隐生出一些不安。何况宋朝在军事上向来就不强势，前朝次次败仗历历在目，这让王安石也不免有所担心。他内心，对这场战役终是有把握的，眼下也只能以安抚为主，尽可能地为王韶争取时间。他便站出来说道："再等一月，若还没有进展，就考虑停战。"

"一月之久，边境足以翻了天去。再拖上一月，难道要等得敌军杀入境内，兵临城下，才晓得罢手吗？到那个时候，停战谈何容易,若是惹出祸来,谁来负责?"反对派当即驳斥。

皇帝闻言也不免陷入苦思。若是偷鸡不成蚀把米,收复河州不成,反倒再丢了国土,他可真是要变成大宋的罪人了,他只能望向王安石,等待他的回答。

王安石心中虽有这样的担心,但此刻却由不得他退缩,深呼吸几口,好似下了一个很大的决定,坚定地说道:"我来负责,微臣愿以项上人头作保,若是一月后战事再无进展,定以死谢罪!"说着便把头上的长翅帽摘下,郑重扣在地上,深深磕下头去。皇帝见状,心中大惊,这是王安石要用自己的性命作保,想他堂堂一国首相,权倾朝野,竟愿意为这件事搭上自己的官位甚至性命,实在无私。这时王安石这几年来为新法所作的种种贡献一下子涌入他的脑海,他想起他们彻夜交谈,想起王安石面对众人发难时毫不退缩,想起他始终站在自己这边,支持他的梦想,为他制定出相应的新法,用心良苦,忠心可鉴,当即便感动得不知所以,眼眶一热就要落下泪来,忙说道:"王卿之心,日月可鉴,准奏!"说着便走下阶来,扶起王安石,又为他戴上官帽,一副感激涕零的样子。众官见状,自知凭着圣上和王安石的交情,此事再无转机,也只得作罢。

走出紫宸殿,王安石还在暗暗心惊,刚才朝上事出紧急,才逼得他做出那样的承诺,一月之期说短也短,若是真没什么进展,他到那时也只有一死。但又想若是现在支持停战,便是让整个新法功亏一篑,他毕生的理想,都将化为泡影,到那时就算身居高位,也终是苟活于世,便也不再多想,心中只期盼着王韶能争口气。

这时吕惠卿快步追上他,刚才王安石在朝上的一幕,他差点吓

七、信任危机

破了胆,心中也觉得为了这件事搭上自己实在没有这个必要。要知道,他和王安石是一荣俱荣,一损俱损,再者政治之事,两派对争,虽言辞激烈,但都是就事论事,何苦将战火引到自己身上,许下滔天誓言,这让他们一条船上的人便如同砧板上的鱼肉,只得听天由命、任人宰割。吕惠卿出身不高,好不容易混到今天这样的位置,自然不愿意轻易失去权力,无奈王安石是他恩公,只得轻声抱怨道:"王丈,今日之事,你做得是否太过,你千辛万苦坐上首相之位,怎的如此轻易便愿意交出去。战争胜败,都属平常,这次失败,我们还可以筹划几年,下次再战,若你因此丢了性命,实在不值。"

王安石理解吕惠卿的关心,便回道:"你知道我并非贪恋权力之人,区区首相之位,如何与天下苍生相提并论。我坐上这个位置,就是想予民福利,若是做不到,又怎能心安理得地享受这样的地位?再者,熙河开边,意义重大,不仅是一场战争,它代表着新法度,可以看作是一次对新法的考核,关系重大,若是草草收场,你我之后若是还想做什么,困难就会更大。所以我不得不尽力一搏,不过你且放心,我有把握,这场战争,我们非赢不可!"

吕惠卿见王安石如此执着,也不便再劝,望着王安石毅然离去的背影,心中突然生出一丝不安。王安石在政治上的确不算是聪明,甚至在面对大事时,明知是陷阱也要往下跳,这份大公无私,吕惠卿虽然深深敬佩,但却感到害怕,这种害怕源自一句老话:"人不为己,天诛地灭。"当年的他,什么都没有,干起事来自然毫无顾忌,但如今,他拥有了很多梦寐以求的东西,若是这样轻而易举地当了炮灰,他一定不甘心。所以对王安石,这个十多年间一手将他提拔

第六卷 激荡熙宁

起来的大恩公,他第一次生出了一丝厌恶的念头,这个恶毒的念头一经冒出,便疯狂蔓延,会在几年后的一天让他变得面目狰狞,最终走向灭亡。

西北边境,王韶此时自然不知道京城内发生了什么,他眼下所有精力都放在指挥作战上。当时他刚攻下河州,一心想要继续开拓,无奈粮尽物缺,逼得他无法恋战,只能回京述职。谁料噩耗传来,他所担心的一切都成为事实,待他日夜兼程赶到这里,早已不是往日模样,看着自己一心打下的土地,大为痛心,当即便计划反攻。但此次董毡的加入,敌军力量大增,所以他极力压下部将们激动地喊着要为景思立报仇的誓言,敏锐地分析出若要破此局面,必须切断对方的援军,这便让他没有贸然正面开战,而是集结两万精兵,先是扫荡结河,断了西夏有可能派兵的一切路线。紧跟着越过河州,攻击踏白城,切断鬼章的退路,扫清这一切,在半月之后正式开始围剿。

鬼章发现后路被断,立即后退,河州暂时解围,在踏白城之西被王韶堵住,一番激战,吐蕃被斩千余人,接着鬼章再逃,王韶追击,在银川,破敌十余堡,焚烧帐篷七千余座,斩首两千余级。至此,王韶行军五十四日,涉一千八百里,先后斩首敌军七千余级,焚两万帐,获牛羊八万余。鬼章败逃,木征率领八十多个酋长归降,改名赵思忠,熙河开边正式取得了真正意义上的胜利。

而此时,距离王安石许下的一月之诺,正好还有最后三天的期限,捷报传来,皇帝大喜,当下晋升王韶为观文殿学士、礼部侍郎。这样的胜利,实在是朝廷的大喜事,变法实行五年间,大宋迅速换血,脱胎重生,焕发出前所未见的新气象。他意气风发,终于狠狠地证明了自己,内心的自卑,一扫而空。从今天起,他便是一个英明勇武的皇帝,无关乎血统,他就是天之骄子,这让他前所未有地感到自信和自豪。当日力劝停战的朝臣如变色龙一般大变脸,出来带头祝贺,要讨皇帝的欢心。最大的功臣王安石,此刻却没有这样虚伪的念头,战报传来,他比谁都要开心,不仅是他保住了性命,更多的是对新法的欣慰,当下情绪激动,眼眶红润。皇帝见状,也深受感染,他对王安石是发自内心的感激,当众解下腰间的玉带,系在王安石身上,两人对望,眼中皆是激动,更多的是对彼此的信任,至此,皇帝和王安石的关系更近了一步。

这时是熙宁七年(1074)四月,变法至此,取得了全方位的胜利。五年间,通过各种新法,大宋的国库赋税成倍增长,相比仁宗、英宗两朝捉襟见肘的状态大为改善,景福宫里的三十二间库房,每间都装得满满的。人民积极开垦荒地,再通过农田水利法等增产,大宋出现了前所未有的富庶。王韶在熙河、章惇在荆湖、熊本在四川,接连大胜,大宋的疆土也得到了扩展,皇帝和王安石从来没有哪一刻比此刻更为满足。

2. 流民图现

历史的悲哀,就在于科学的缺乏和知识的局限,就在大宋上下气象更新时,上天用它最常见的手段,开了一个最残酷的玩笑。

王安石迎来了他这辈子最大的敌人。人祸可以避免,天灾却不行,人类在自然面前,总是显得如此渺小,自然灾害往往被看作

第六卷　激荡熙宁

是上天的警示,和皇帝、臣子、政治、军事息息相关。大宋立国百年来,自然灾害时有发生,这也不算是什么稀奇事,本也没多大的关系,皇帝祭个天,表一下自己的诚心,再赈济灾民,便也就过去了。无奈熙宁年间的两次天灾,都发生在新法推行期间,自然会被一些有心之人抓住,变成反对新法的强有力的武器。

熙宁六年(1073),华山地震,引发泥石流,文彦博等人便纷纷上奏,直言政治昏暗,百姓受苦,上天在发出警示。皇帝那时正一心扑在各路战事上,无心理会,之后前方捷报频传,他心中的不安感便渐渐被喜悦盖过,便没有理会。到了熙宁七年(1074),北方大旱,一连七八个月,愣是一滴雨都没有下,且范围甚广,连带着北方的辽国也是旱情严重。辽国因为地广人稀,且不事农耕,影响不大,但到了大宋这里,却不是这么简单。灾情严重,范围广大,一时间,北方各地百姓民不聊生,没有收成,便没法吃饭,天不下雨,也没水喝。朝廷当即大开粮仓,终究杯水车薪,七八个月里情况日益恶化,饿死的饥民无法统计。为了活下去,吃土啃树皮的行为已是平常,更有甚者,吃死人果腹,到了后面,竟演变成杀害同伴,生吃活人。伦理道德在求生面前变得一文不值,杀人吃人,饮血喝尿,当时的灾区,真可谓是人间地狱。

二十七岁的赵顼此时真的害怕了。变法取得了阶段性的胜利之后,这一年来,他终于从没日没夜的繁忙中抽身出来,如今的朝廷,已经没有什么可以直接反对他的力量了。他通过新法的推行,在短短五年里,迅速成长为一个成熟可靠的皇帝,国库充盈,军事上的成就也让他非常欣慰。这时的大宋,正朝着他最希望的方向

七、信任危机

发展,这让他特别珍惜这个来之不易的结果。

和平之世,边境安稳,新法也已经成熟运作,空闲下来的他,自然有更多的时间想别的事情。一年前那场地震,虽然引发泥石流灾害,但仅局限于华山一地,且当时他没有精力多加理会,便随它去了。

今年的大旱,非比寻常,规模巨大,灾情出乎意料的严重,这让这个闲下来的皇帝格外重视。何况赵顼本就是小心谨慎的性子,而且天灾向来有着更多的意义,他难免要多留个心思。对于当前形势的越发珍惜,就越让他觉得,绝不能出一点岔子。灾情还在不断延续,老天已经一连七八个月都没有降下一滴雨,国家想出的救济法子都已见了底,他夜不能寐,渐渐地便开始怀疑自己是不是真的做错了什么。所以这次不等臣子们上书提醒,他自己主动逢人便问:"爱卿,如此天灾,是否朕真的做错了什么?是不是新法触怒了上天呢?"当然这次,他却没有得到自己想要的答案。

出乎意料的是,反对派并没有像以往一般大肆攻击,他们大多数都选择了沉默。为什么呢?为了自保。王安石今时早已不同当初,王韶熙河开边的大胜,加上荆湖、四川的平乱,成为反对派和改革派胜负立判的最大根据。那样大的功劳,绝对无法轻易抹去,所以王安石在朝堂上的威信日益强盛,加之反对派的几位核心人物近年来贬的贬,死的死,缺乏一个有权威的领袖,他们就是一盘散沙,早已没有早年的攻击力。最重要的是,皇帝和王安石的关系极好,当朝赠与玉带,这样的荣宠,旁人想都不敢想,也让王安石站在了权力的巅峰。反对派就算不满,如今也绝不会主动发难,所以当

第六卷 激荡熙宁

皇帝问他们新法与天灾的关系时,他们都非常默契地选择沉默。见风使舵是这些官员最拿手的绝活,也是官场生存之道,饶是之前如何要与王安石拼个你死我活,审时度势之后,自然便会避免以卵击石的正面冲突。更虚伪的小人,转身便去奉承王安石的也不在少数。况且皇帝对新法向来支持,苏轼、司马光等人也因反对变法而被贬谪,前车之鉴,谁又敢直接在皇帝面前说新法的不是呢?

多番询问无果,皇帝知道这些臣子都在打哈哈,因为日夜焦虑,他终于忍不住了。一日在与王安石讨论新法的时候,开口问道:"爱卿,北方大旱,民不聊生,这是不是上天的警示?"

王安石面对皇帝的恐慌,却显得尤为镇定,当即便安抚道:"圣上大可放心,天旱、水灾都是最平常的事情,就算在上古圣君尧舜禹汤之世也在所难免,都是自然现象,没有那么多玄乎的东西。我们只要尽力而为,救济灾民,便不用担心。"

"可是此次旱灾,非比寻常,时间又如此凑巧,难道真的没有别的意义?"皇帝是真的害怕了。

王安石看着皇帝,也没多想,此刻他无论如何都不会想到,皇帝会将这场灾害怪到新法的头上,所以只是耐心劝导道:"无碍,这都是小事,上天有它的意愿,我们只要做好自己的事情便可。"

这时皇帝便说了一句话:"怕的就是人事未修。难道这是上天对我们变祖宗之法又发动战争的惩罚?我们是不是真的做错了?"

王安石愣了,他何曾想到,满心支持新法的皇帝,熬过了众臣的反对,熬过了后宫的压力,熬过了战败,竟会在现在艰难都被扫除、一派清明的关口,因为一场天灾,就对新法产生怀疑。但当下

七、信任危机

虽然震惊,他却没往深处想,只当是皇帝压力太大了。毕竟皇帝在五年之中,在面临很多更大的困难时,都选择站在他身边,做他最坚定的战友和后盾,只得又好生安慰一番,便回去继续寻找可以对国家有益的新法了。

但王安石对皇帝的态度,还是过于笃定了,他低估了天意和圣意的联系。皇帝作为天之骄子,作为和上苍意志联结的人,如何会将此事看作是纯粹的自然现象,所以他没有及时发现皇帝语气中的意思,这让他日后面对突然改变的局势,措手不及。

而对于皇帝来说,此时的他却陷入了痛苦的深渊。王安石作为他最信任的人,这样向他解释,他应该是要听的,但是他内心那种深刻的恐惧和自卑又冒了出来,王安石此时大无畏的态度和分析,却激起了他内心的恐惧。这样不畏惧上天的人,当然会触怒上天,新法、战争都是动荡之事,看来自己真是做错了,难怪新法在推行之时,便受到了这么大的反对,原来它本就是逆天之事,这下连上天都看不下去了。越是这样想,他心中便越是内疚,当下便开始写罪己诏,向上天承认自己这些年罪孽深重,并恳请天下臣民,帮自己共同回忆究竟做了哪些错事,必将改正,以寻求上天的谅解。

诏书经过中书省,王安石看到时但并未在意,毕竟每逢灾害发生,作为君主,都要如此反省一番,这是传统。之前所有反对新法的大人物都被贬到外地去了,就连文彦博最近也被贬了。朝堂上,早已没有人可以威胁到新法了,新法成果累累,皇帝又是最支持他的,他的确没什么好担心的。只是当日皇帝那样慌乱的神情,他内心也不免有一丝不安，所以想要快点做些事情来度过这场灾害。

在王安石忙于研究新法之时，皇帝却依旧没能从恐慌的情绪中走出来，直到有一天，看到了书案上摆着的两样东西。他翻开其中一样，这来自远方的司马光，他积极响应皇帝诏告天下的罪己诏，总结了六大条，直言新法种种弊端，皇帝看罢，心中便有了数。打开第二封奏章，来自郑侠，曾经是王安石的学生，后来因为和王安石意见相左而不欢而散，变成了反对派，如今正在安上门当差。在奏章中，他同样罗列新法的坏处，直言"若是罢免新法，天必下雨"，之后更是放言："若是新法罢免后十天内还不下雨，就可以砍了他。"皇帝看到落款，却是陌生之人，当下心中便有疑惑，想来是误送进来的，便欲丢弃，这时奏章后面却滑出一张画，他随手拿起一看，如遭电击。

这张画，画得栩栩如生，同样出自郑侠之手，灵感来源于他前几日在城门上的所见。中原大旱，数以万计的灾民涌向都城，却都被拦在城外，露天而居。他一眼望去，只见瘦骨嶙峋、衣不蔽体的灾民一直蔓延到天边，时时刻刻都有人在死去，哀鸿遍野。他看得心疼，对新法更加反感，当即便将所见一一画下，绘成一幅《流民图》，夹在奏章中，又想办法避开中书省，直接送至皇帝面前。如他所料，皇帝看了画，便跌坐在龙椅上，心中久久不能平静，这是他第一次直面灾害的惨烈之状。先前都还只是听说，如今亲眼看到，更是震惊异常，他回想起数月来心中的煎熬和不安、内疚和悔恨，当即便觉得自己把百姓害惨了，真是千古罪人，当即下令废除一切新法。

七、信任危机

消息传到王安石耳朵里,当时他正与吕惠卿、邓绾等人共同讨论一项新的法度,当下便呆在原地,连带着吕惠卿和邓绾也不敢相信自己的耳朵,反复追问来通报的宦官,每次都得到同一个答案,但仍是无法相信。这事来得真是太突然了,先前新法推行得那样顺利,皇帝一直站在他们这边,京城也没有什么可以动摇皇帝的人物,怎么几天时间,就有这样翻天覆地的变化。他们一时间没了主意,只能看着王安石。

王安石此时面如土色,这样的结果,就算他想破脑袋也想不明白。新法的失败,他不是没有想象过,但它可以败在反对派的手上,可以败在太皇太后的威压下,可以败在本身法度的错误上,但绝对不可能会在一切顺利的情况下,败在一场再寻常不过的旱灾上,败在这个他最亲密的战友、最相信的人、也是最支持变法的皇帝手上。几年来的殚精竭虑,在此刻突然化作一股疲惫,让他瞬间失去所有力气,愤怒、挫败、背叛,狠狠向他砸来,一时间急火攻心,当即便喷出一口血来,随后两眼一黑硬挺挺向后倒去。

3. 辛酸罢相

待王安石再睁开眼睛,已经是半夜,他这一昏迷,竟有半日之久。他望着床顶,脑中一片空白,这是发自内心深处的绝望,他失败了,一败涂地,但令他意外的是,此刻他的内心,异常平静。先前的所有情绪此时都烟消云散,他日夜不停转动了六年的脑子,在这一刻得到了前所未有的休息。废法的消息一出,逼得他不得不停下脚步,一下子松懈下来,深深的绝望笼罩着他,他心灰意懒,没有

第六卷 激荡熙宁

不甘,没有愤怒,没有背叛,没有后悔。对待新法,他自知已是尽力,如今落得这样的下场,他无能为力,便不再多想,又闭上眼睛,任凭巨浪般的疲惫包裹住他的手脚,让他无法动弹,又昏昏沉沉睡了过去。

第二日,王安石依旧起不来床,他太累了,真不知道是什么样的信念才足以让他支撑这六年。他已经五十四岁了,早已步入老年,多年来的操劳让他比同龄人更要老上几分,突如其来的打击一下子将他击倒,让他终于有了第一次实质上的休息。但人一旦突然从高度紧张的状态中松懈下来,身体各部分便无法马上适应,加上积攒了多年的劳累突然卷土而来,和他算起总账。一夜之间,王安石头发花白,好似老了十岁,如同病入膏肓的老叟,瘫在床上,竟连说话的力气也没了。这种情况下,自然无法上朝,更何况王安石这时还没想好如何面对皇帝,便也只能告假在家。

王安石在病中得了几日清闲,改革派的其他人此刻却没有这么轻松了,新法被废,相当于一下子否决了他们这一票人,下场如何,不得而知,只得做着最后的挣扎。下朝后,吕惠卿特意留了下来,要与皇上再说上几句,他绝不像王安石那般横冲直撞,心中虽极力反对新法被废,但绝不可能在此时直接和皇上的决定唱反调,挑战君威。所以当下,他没有提一句要复立新法的建议,只是怆然泪下,说着王安石病势如何汹汹,恳请告假侍疾。皇帝闻言,心中一痛,王安石对他意义非凡,如兄如父,这么多年并肩作战,让他俩之间的感情早已超越了君臣。他深知新法对王安石的意义,自然明白王安石此时是受了怎样大的打击,忙关切地问王安石的病情。

七、信任危机

吕惠卿只得摇了摇头叹道:"王丈此次打击颇大,在听到消息的当下便急火攻心,吐血昏迷。王丈操劳多年,身体本就虚弱,一时间各种病症并发,情况不容乐观。"说着便用袖口去抹泪,他是要用苦肉计唤回一点圣心,很显然他成功了。

皇帝听着吕惠卿之言,仿佛亲眼所见王安石当日的情景,心中内疚非常。新法的推行,为他带来了很多好处,在这六年里,他从一个战战兢兢的小皇帝成长为今天的样子,是王安石一直陪在他身边,支持他,帮他解决困难,助他实现梦想。如今因为天灾,他也没与王安石商量便将新法全部废除,合理却不合情,的确是做得不对。但这种愧疚并不足以让他改变自己的决定,毕竟王安石再好,终究比不上这天下苍生来得重要,何况他俩君臣有别,关系虽要好,若是因为王安石的病便立马改变自己的决定,也太过草率,更是失了皇帝的颜面,几番思量,也甚是纠结。

五日过去,王安石还是没有上朝,皇帝看着朝堂上空空如也的首相之位,心中不免有一丝落寞。放眼望去,朝堂下诸臣,却无一人能让他如此信赖。再者,新法被废,他多年来的信念一下子丢失,眼下竟不知道该做什么了,他听着臣子们空洞的言论,没有一丝进取的意思。他开始怀念王安石,怀念那个一心为民、想要让国家富强的忠臣,他又想到王安石的病,突然就很怕他会因此死去,毕竟他现在还没有那样的能力,可以一个人领导整个国家往更好的方向去,所以心中便被满满的不安感填满。

又过了两日,皇帝平静下来,细想当日见到《流民图》的场景,情绪已经变得正常,谁都有失常的时候,那时他第一次赤裸裸地见

第六卷 激荡熙宁

识到灾难的残酷,冲击太大,致使他做出了非理性的举动,如今静下心来想想,的确过激了些。何况当日之事,也颇为蹊跷,区区一个安上门当差的小吏,如何能将画送到他面前,这其中是否还有一丝阴谋的意味?而最为重要的是,新法被废已经过去七天,灾情却并没有获得缓解,该下的雨还是一滴都没有落下,可见这根本就不是什么上天的警示。这样想清楚之后,废除新法便失去了意义,且本来对待新法他就是支持的,这样贸然放弃,心中也非常不舍。他当即又下令,宣布除了"方田均税法"之外,新法全部恢复。

短短七天,改革派犹如坐过山车一般,急下急上,新法恢复的消息一出,吕惠卿等人欢欣鼓舞,重新放开膀子,按部就班地将新法风风火火地开展起来。但卧病在床的王安石,却没有感到欣慰,取而代之的是深深的无力,皇帝废法的举动让他死了心。好比商鞅变法,秦孝公当时是倾全国之力鼎力相助的,给了商鞅最大的信任和支持。但到了当朝皇帝这里,却没有这样的魄力,他回忆起之前种种,面对反对派的攻击,每次处理皇帝都下不了决心,他都得反复上奏、商量,才得以把反对派贬出京去。而这次就因为一次旱灾,一幅旁人的画,他便可以无视新法的好处,否定它带来的一切改变,说都不说一声便全部废除,这让他一想到就气得血液倒流。他太累了,不仅是变法太累,而是这样的变法太累了,几天之间,心境便有了很大的转变,他强撑着病体,披衣起身,怀着满腔的疲惫和绝望,写下他的辞呈。

时隔七日,皇帝收到来自王安石的第一个消息便是这封辞呈,心中悲痛,忙回信极力挽留,直言王安石的辞官让他寝食难安,定

七、信任危机

是之前废法一事让他受了委屈,又好生安慰体恤一番,关心起他的身体,甚至说已经派了太医前去诊治。王安石回信,对慰问表示感谢,但辞官的态度仍十分坚决。

作为一个君主,赵项此时表现出了极大的耐心,甚至降低身份,自责道:"定是爱卿觉得我不是一个成功的君主,所以要抛弃我。"王安石心中一软,但敌不过他的心累,回信道:"并非如此,圣上聪慧,又很上进,日后定会取得很大的成就。微臣年老体衰,无法再尽心辅佐,但在我之后,必有更好的年轻才俊来辅佐圣上。"

赵项见信,心中更加难过,但依旧不放弃,动情相劝,搬出王安石进京的目的和济世安民的理想,又强调自己与他如何志同道合,先前的合作如何愉快,反正用这世上最温馨的语言,做着感人肺腑的挽留。王安石不为所动,依旧要辞官,他心力交瘁,至少此刻,他是不想在京城再待下去了。

皇帝依旧没有批准王安石的辞呈,所以王安石只得在府内休养。

这时,一个故人回到了京城,时隔三年,李之昂再次回京,此次目的只有一个,杀了王安石!三年前他指使云娘给王安石下药,自以为万无一失,虽然久等不见云娘的出现,便以为事发,云娘已经被处死,只得按原计划,只身一人回到西夏去找姐姐。谁料王安石并没有死,甚至发动熙河战役,直接收复河、湟二州,西夏腹背受敌。梁太后震怒,当即便下令将李之昂关了起来,念在血脉相连才饶他一命。李之昂就这样在西夏被监禁了三年,其间受尽白眼和羞辱,但都不敢轻易死去,因为他一定要活到杀了王安石为止。而后费尽千辛万苦,他终于得以逃脱,便一刻不停地赶往京城,要为自己和云娘报仇。

一个月黑风高的夜,王府众人都已安睡,一道黑影悄无声息落在院内,目标明确,径直往王安石的寝屋摸去。待他推开门,却发现王安石此时并未入睡。原来王安石病中总是口渴,夜里总要起身喝水,正好撞上他进得屋来,大吃一惊,忙叫道:"来者何人?"李之昂见状,忙疾步向前,手中的剑便往王安石身上刺去。王安石一惊,手中杯子滑落,砸碎在地,旋即侧身一躲,但臂上仍深深挨了一剑,当即便冒出血来。李之昂忙又转身接着向他刺去,王安石也略习过点武,当下便侧翻向一旁滚去,无奈手臂吃痛,滚到一半便停下,狠狠撞在桌上,力道之大,直接将桌掀翻,惹得桌上一应物品皆摔在地上,噼里啪啦作响。李之昂见动静太大,便加快速度,使出杀招,要速战速决,剑身闪过一道白光,直直往王安石脸上刺去。王安石如何敌得过这样的招式,更何况正生着病,身体虚弱,只得放弃抵抗,闭上眼,等待死亡的到来。

"叮"的一声,王安石感觉剑气已经逼到他的鼻前,却迟迟没有等到剑的刺入,忙睁开眼,只见汀时已赶到,及时拨开李之昂的剑,两相交锋,李之昂落了下风,忙向门外逃走。

汀时自幼习武,武艺高强,如何能让他逃了去,两人在院子里激战数十回,李之昂手中的剑被汀时打飞,当下便被反扭在汀时身下,不得动弹。汀时忙扯下他脸上的遮布,这个面孔颇为熟悉,一时却又想不起来。这时,管家王贵带着家丁匆匆赶到,吴氏、王雱

七、信任危机

也闻讯赶到,见王安石手臂鲜血直流,忙为他包扎。李之昂已经被制服,被家丁捆绑起来,就要扭送官府。待他转身,因为打斗激烈,衣衫早已破烂,颈后的刺青此时清晰地露出,汀时一看,从地上跳起,冲过去将李之昂抓过来,一把扼住他的喉咙,叫道:"是你!你到底是谁?我姐姐的死,是否与你有关?"李之昂闻言,一时间也莫名其妙,他从未见过汀时,如何知道他所言是何意。但汀时此时却突然暴怒,狠狠将他的头按下,手指摸过他的脖子,随即捡起地上的剑,叫着"是你!就是你!"便要向他刺去。

王雱见状,忙上前将汀时拦下,这是有法度的国家,杀人是要偿命的,就算是王府的刺客,也得扭送官府听从发落,这样私自杀人,是要伏罪的。无奈汀时此时听不进任何劝解,一心想杀李之昂,他犹如一头猛牛拉也拉不住,王雱只得叫了好几个家丁,才把汀时压在地上。汀时一味叫道:"杀人凶手!杀人凶手!"王安石见汀时如此失控,又听得他刚才说着和青芜相关的事情,忙走到汀时面前,问他是什么意思,汀时这才把他当年所见说出来。在姐姐死去的那个夜晚,在难民暴动的现场,他都看到了这个人,因为他颈后的刺青,自己绝对不会认错。

事情到这里,就愈发显得错综复杂,一个是王安石的知己,一个是王安石的儿子,两个亲近之人的离去,都与此人有关,这背后究竟隐藏着怎样的阴谋,谁要害他,他一定要查出来。王安石当即让王雱将李之昂送至官府,好好彻查此事。

李之昂自知刺杀失败,已是死路一条,便不再反抗,直到出府的那一刻,他看到站在人群之外那个熟悉的背影。他震惊了,云娘

第六卷 激荡熙宁

没死！但也等不及细想，他便被押送了出去。

在牢里，他燃起了熊熊的恨意，云娘在骗他，这个该死的女人，都是因为她，让他的人生成了最大的悲剧，他要杀了她。而此时，他心中突然有了一个一箭双雕的念头，反正自己是将死之人，不如多拉两个垫背的。

七天之后，开封府尹突然带着一众衙役，冲入王府，二话不说，便要将云娘抓走。王安石等人忙询问缘由，府尹直说云娘是西夏奸细，要抓进去好好审问。王府上下一头雾水，只得眼睁睁看人将云娘捉了去。之后，京城谣言四起，街头巷尾都在传言王安石宠妾是西夏奸细，传到皇帝耳朵里，他也大为震惊，虽相信王安石与西夏并无关系，但众口铄金，如何堵住悠悠之口，才是关键。为了证明清白，皇帝下令王安石亲自处死云娘。

王安石站在开封府的地牢里，面对着一身囚衣的云娘，五味杂陈。他实在没有想到身边之人竟会是西夏的奸细，他举起手中的剑，指着云娘，看着她瑟瑟发抖的模样，终究是下不了手。云娘此时心中却很平静，要说死她也是害怕的，但此情此景，对她又何尝不是一种解脱。再见李之昂的那一刻，她便知道，是她负了他，抱着对他的愧疚，她对李之昂的所有指控供认不讳。她不想再违逆他的意思，就如他所希望的吧。西夏人也罢，奸细也罢，反正自己这条命也是他救的。但她内心却没有想要伤害王安石的念头，直到王安石站在她的面前，她才知道，自己的身份竟是在给王安石抹黑。她这一生太过痛苦，徘徊在两个男人之间，在良知和欲望之间深深煎熬，最终负了所有人。

七、信任危机

对于王安石,她是有歉疚的,如今认了罪;对于王府众人,也是一种背叛,所以当她得知圣上要王安石杀了她以证清白的时候,她是欣喜的,终于能报了这个恩情。所以她微笑着,向那柄剑走去,突然前胸一顶,让剑没入自己的身体,鲜血从胸前冒出,她却感觉不到一丝疼痛。多年来,没有一刻能比此时更加轻松,她一步一步往前走着,直到剑从她背后刺出,贯穿她的身体,呼吸渐渐变得急促。她能感觉到体内的热量在一点点地消减,但她不觉得痛,最终满足地闭上了眼,几日后,李之昂也被处死。

经此风波,王安石彻底感到全身心的累,京城里阴谋环绕,让他心寒,他想到小儿子的惨死,便再也忍不住了,当即又上奏,立请辞官。这次,皇帝准奏。

熙宁七年(1074)四月底,王安石一家轻车简行,悄悄离开了京城,没有惊动一个官员和百姓,王安石带着满身创伤,带着一颗疲惫不堪的心,辛酸罢相,回到江宁。

4. 黯然退场

王安石罢相离京,一时间便没有人出来主持大局了。皇帝忙提拔韩绛出来做首相,同时提拔吕惠卿为参知政事,继续变法事宜。王安石的离京,对吕惠卿来说打击很大,一时间像失去了主心骨一般,但面对自己的突然升官,也忍不住十分惊喜。要说这么多年来,对王安石没有一丝不满,那是假话。他毕竟做不到王安石那样的大公无私,所以在王安石不顾一切推行新法的时候,他的内心其实是有一丝不安的,他怕变法一旦失败,自己便会成为陪葬,那么他这么多年获得的地位、权力都将消失。如今坐上了副相的位置,更是不愿意失去权力。

皇帝却不知道他此时心中的计算,只知道他是王安石的亲信,在王安石离京之后,他是继续执行新法的最好人选。就这样,吕惠卿在王安石之后,登上了权力的顶峰,成了变法的第二位领袖。但他毕竟不是王安石,对改革派众人来说威信不够,一些人清楚地意识到,王安石倒台,权力层必将重组。如今皇帝虽提拔了吕惠卿继续推行新法,但吕惠卿与皇帝的关系,怎能与王安石相提并论。早前全面废法的事情还历历在目,当下一些定力差的人顶不住这样的压力,突然改变立场,要站到反对派的阵营里去,对新法发起攻击。曾布便是其中之一。

但曾布还是低估了皇帝对于新法的支持,当下便惹得皇帝不悦,忙命吕惠卿彻查此事。吕惠卿得令,心中一喜,他与曾布素来不和,如今落在他手里,必要大肆打压一番。一方面,吕惠卿不比王安石的仁慈,行事乖戾,尤其是对于这些曾经与他有私怨的人;另一方面,如今他身处高位,作为改革派的一把手,需要立威,曾布这时的反叛,被他当作杀鸡儆猴的例子,便公报私仇,以处理改革派内部叛徒的罪名去办。曾布当即被贬官为饶州知州。吕惠卿初尝权力滋味,心中快意非常,没想到一朝权力之手,竟是这样好的感觉,得意起来,心中的欲望陡然增加,让他一瞬间面目突变,开始大肆在官场上打压报复先前结仇的人。

首先,吕惠卿害怕王安石离任后新法动摇,于是遍发书信给各监司、郡守,让他们上书陈述利害,向皇帝施压,然后从容地请求皇

七、信任危机

帝下诏,表明始终不因官吏违法而废除新法。在有了这个保障的前提下,他迅速开始组建属于自己的亲信班子。

熙宁七年(1074)五月,废罢制科,原先王安石认为进士所考与制科无异,不必有制科之试,执政时考进士已不考诗赋。到吕惠卿执政时,再次提出制科只有记诵,却不深究经义,多次与皇帝陈述利弊,皇帝下诏废罢制科。

六月,郑侠上书说吕惠卿结党为奸,堵塞言路,认为他是还未除尽的奸人。吕惠卿大怒,想到之前郑侠的一幅《流民图》,害得新法尽废,当即命中丞邓绾、知制诰邓润甫弹劾他,最终郑侠被谪放至汀州。

一系列的打压之后,他终于将目光放到王安石身上,这位对他有栽培之恩的大恩人,此刻已经离京,但他知道皇帝对王安石的态度,若不是王安石执意离京,皇帝如何舍得放他走。眼下皇帝对他的支持,让他清晰地认识到,这其实是对王安石的支持。这让他强烈地感到不安,如今尝过了权力的好处,他如何也不肯放弃,想到若有一日,王安石愿意出山,想必皇帝会张开双手热烈迎接,那么到那时,他这个副相的帽子也只会被毫不留情地摘去,必须要想个法子阻止王安石再次进入政治的中心。恩情和友情,最终在利欲的旋涡中被吞没,吕惠卿突然反戈一击,开始对王安石进行一系列的打压。当然他不会直接表露出来,而是借着一种迂回的方式,背后捅人一刀。

熙宁七年(1074)十一月,冬至日郊祀大典上,朝廷依照惯例,要赦免一些有罪的官员,在特殊的情况下还会受到嘉奖,以示朝廷仁爱。吕惠卿做出一副忠心耿耿、设身处地为王安石着想的样子，为王安石请命，直言王安石此时官位太低，恳请圣上念及他当日功劳，封他为节度使。节度使在大宋只是一个虚名，并无实权。这时吕惠卿的野心便昭然若揭，他是要变相地将王安石彻底封锁在权力之外。吕惠卿的高明之处就是他非常擅于伪装，但皇帝是何等聪慧之人，怎会听不出他话中的意思，当下便心生不悦，驳斥道："王安石离职并非有罪，何来赦免一说！"吕惠卿闻言，心下一惊，他知道自己失败了，再无翻身的机会，想要在皇帝面前压制王安石已经是不可能了，当即诚惶诚恐解释一番，失望而归。

　　吕惠卿却没想到自己的这番话，在皇帝心中产生了一连串的反应。首先是不悦，他批准王安石的辞官，实属无奈之举，面对王安石坚定的态度，他无法挽留，再加之皇奶奶和母后的劝说，认为王安石树敌太多，不利于新法推行，他只得暂时放王安石离京，是权宜之计。谁料吕惠卿竟是虎狼之辈，一上位来，便用雷霆手段连铲数人，速度之快，手段之狠，让他大为吃惊，对待吕惠卿，便逐渐防备起来。其次是不安，吕惠卿这样的手段，究竟对新法的推行是不是有利，这几个月来，他无时无刻不在思考这个问题。今日听得吕惠卿这一番话，他突然醒悟过来，才发现吕惠卿的疯狂，竟已经将整个局势扭转了过去，让整个朝廷陪他冒险，这让他感到深深的不安。最后便是浓浓的思念，他思念王安石在朝堂上的情景，那时的他心中是如此的坚定，王安石当政的朝廷，没有阴谋诡计，有的只是一心为民、造福百姓的志向，眼看着吕惠卿渐渐增长起来的势力逐渐不好控制，他这一刻，一心想要王安石回京，当即修书一封，

七、信任危机

加急送往江宁,力劝王安石复位。

经过几个月的休养,王安石的身体也渐渐恢复,整日过着闲云野鹤般的生活,但对天下苍生,还是挂念着的。对皇帝的怨恨,渐渐地也减少了,皇帝的书信,言辞恳切,直言朝廷已经到了一个很危险的地步,吕惠卿把新法拖到悬崖的边上。王安石心中大为悲痛,新法是他毕生的心血,绝不能如此被败坏,当即收拾行囊,日夜兼程,不出七日,便抵达京城。

很快,王安石复相,举朝震惊,吕惠卿审时度势,立马又变了嘴脸,冲到王安石面前去表忠心,安心处在王安石之下,做着他的二把手,但两人之间的感情,早已不复当初。

王安石不计较个人恩怨,不代表别人也不计较,王雱向来就害怕吕惠卿的野心,对他无法信任,这次吕惠卿的背叛,更是让他对他充满了敌意。王雱知道父亲一心为天下,此时不计前嫌重新接纳吕惠卿,但他心中却过不了这个坎。眼看着父亲与吕惠卿又越走越近,他看着吕惠卿虚伪的嘴脸,实在忍不住了,便联合众人,弹劾吕惠卿。

消息传到王安石耳朵里,他大为震怒,这样公然弹劾,与之前吕惠卿所做之事有何区别?虽然他清楚此次回京,早已不同早前,他身边已经没有多少人可以信任,吕惠卿表面上虽对他言听计从,但背地里却是另一番作派。只是眼下正是推行新法、一致对外的时候,他绝不会选择窝里斗,王雱这样鲁莽的行动,让他恼怒。他当即便冲到王雱院中,将其狠狠数落一番,王雱心高气傲,深受打击病倒,从此,再也没有爬起来过。熙宁九年(1076),王雱病逝,给了王安石致命的一击。

此番复相,时移世易,王安石早就有力不从心之感,眼下爱子的离世让他无法接受。他想着因为变法,自己这些年来遭受了多少背叛,失去了多少亲人、朋友,突然感到前所未有的厌倦。眼下政局太平,他再次萌生了强烈的退意。辽国虎视眈眈,皇帝因为严重的恐辽情绪不听劝诫,毅然割地,他有一种彻头彻尾的无力感。熙宁九年(1076)十月,他第二次罢相,去意坚决,再次回到江宁。

这是一次真正意义上的隐退,王安石此时已经和寻常老人没什么两样,他不再是那个权倾天下的首相,不再是那个指点江山的变法领袖,但依旧是那个心怀天下的人,他的时代已经过去,他心满意足,回归田园。

元祐元年(1086),王安石病重,弥留之际,他回想自己的一生,了无遗憾,终其一生,他都在为百姓做事。在他执政的时候,国库充裕,政令更新,民生改善,军队强大,熙河收复……他感到十分欣慰。他这一生,虽然碰到很多困难和陷害,但拥有一个心爱的女子、一位贤惠的夫人、几个可爱的子女;拥有一个支持他、信任他的皇帝;同时也拥有一些真心实意的朋友。吕惠卿虽背叛他,终究也曾是一个很好的战友。他没有怨恨,感到由衷的幸福,就在这种安详的氛围中,闭上了他的双眼。